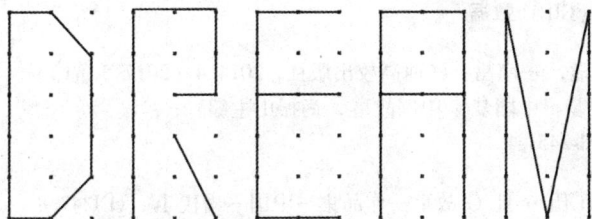

DREAM

少年梦·青春梦·中国梦:中国故事

云很白

伍中正 著

江西高校出版社
JIANGXI UNIVERSITIES AND COLLEGES PRESS

图书在版编目 (CIP) 数据

云很白/伍中正著. —南昌:江西高校出版社,2014.4 (2017.5 重印)
(少年梦·青春梦·中国梦:中国故事/尚振山主编)
ISBN 978-7-5493-2451-4

Ⅰ.①云… Ⅱ.①伍… Ⅲ.①故事—作品集—中国—当代 Ⅳ.①I247.8

中国版本图书馆 CIP 数据核字 (2014) 第 066565 号

出 版 发 行	江西高校出版社
社 址	江西省南昌市洪都北大道 96 号
邮 政 编 码	330046
编 辑 电 话	(0791) 88170528
销 售 电 话	(0791) 88170198
网 址	www.juacp.com
印 刷	北京一鑫印务有限公司
照 排	麒麟传媒
经 销	各地新华书店
开 本	710mm×1000mm 1/16
印 张	15
字 数	215 千字
版 次	2014 年 6 月第 1 版
	2017 年 5 月第 2 次印刷
书 号	ISBN 978-7-5493-2451-4
定 价	29.80 元

赣版权登字-07-2014-146

[目 录]
CONTENTS

少年梦·青春梦·中国梦——中国故事

［伍中正］　云很白

就要那棵树

米唐的门口长着一棵树。树是樟树，枝繁叶茂，像一大团无法握住的云。

米唐常常对那棵树一望好半天。她在树下唱歌，在树下写字，还在树下跳舞。米唐娘看见了，说，米唐不唱了，该吃饭了，米唐就不唱了；米唐娘说，不写字了，该去撒把鸡食，米唐就不写了；米唐娘还说，米唐，不跳了，该去园子里剥些菜叶来，米唐就蹦蹦跳跳去了菜园。

米唐考进了城里的学校。那棵树成了米唐学费的一少部分。凑学费的那些日子，米唐娘就想到了门前的樟树。当米唐娘的身后跟着几个肩背锄头手拿斧锯绳索的人时，米唐就知道，再怎么挽留这棵树也迟了。

那一大团无法握住的云倒下来的时候，米唐远远地站着，买树的人也远远站着。树一落地，米唐抓着一根枝就哭起来。买树的人见了，劝她：米唐，别哭了，不就一棵树么？那些挖树的民工也跟着帮腔：再说，树就栽在离你学校不远的地方，你还可以去看！

米唐就渐渐地止了哭。

买树的人示意那几个人锯断了一些树枝。那几个人手中的锋利锯子，来来回回地寻找树枝最柔弱的部分下锯。树枝脆裂的声音很响，响在米唐空旷的屋前。

树让一家工厂买走，那家工厂在城里。米唐看见那棵脱光了衣服的樟树走上了去城里的路。

米唐在樟树生长的地方，又开始唱歌。米唐娘听了，说，米唐，不唱了，你比娘幸运，树到了城里，你还在城里能看见，娘就真的看不见了。

娘的话，又说出了米唐的眼泪。

米唐沿着那棵树走过的路，进了城。

米唐念书的学校，隔那家工厂不远，也就是隔那棵树不远。米唐下了课，就向那家工厂望，就向那棵树望。

星期天，米唐就去看那棵樟树。米唐看见樟树栽在厂门口。厂子里的人很讲究，还为樟树搭了远看近看有点黑的凉棚，树很快就活了过来。那些发出来的新芽长出来的新叶就说明了树没有死。米唐还看见有一个人在为树浇水。渐渐地，米唐就跟浇水的那个人熟了。浇水的是老魏。米唐每次走的时候，就跟老魏说，魏叔，谢谢你，过几天来看你。说完，米唐就默默走开。

回到宿舍，米唐拿出画笔和纸，一笔笔，很快画出了那棵树。画完，米唐把那幅画贴在床头。她起床时看，睡觉前还看。同宿舍的女生弄不明白，就问：米唐，好多东西可以画，干吗要画一棵樟树？米唐淡淡一笑，再不多说。

再出去，米唐邀了个有照相机的女生。在树下，那个女生为米唐照了好几张照片。

米唐回到家高兴地对娘说，娘，那棵树长得好好的，还发了芽。说完，米唐拿出了在树下照的照片。娘听了看了跟着高兴。

米唐说，娘，往后，我还要买回那棵树！

米唐还到那棵树下去。接纳了城市的阳光和雨水，樟树完全活过来了，再没有那黑黑的凉棚遮盖它美丽的身躯。米唐站在树下，老魏还在为那樟树浇水。只是那些从厂里出来的人，边走边说，有的人说到了树，说到了厂长，说厂长不应该拿要发给职工的福利去买树，说这厂弄不好就要垮了。老魏看看他们走远了，才对米唐说，米唐，这厂子怕不行了。

米唐问，魏叔，厂里的人往后会不会对这棵树起坏心？

老魏说，工人情绪不稳，说不定哪。

米唐"啊"了一声。米唐很艰难地从那棵树下走回了学校。

米唐从那所学校毕业后就恋爱了。

米唐领着男友走向那棵树。站在那棵树前，米唐停下步，用右手指着那棵树的树枝说，你看你看，那树枝上还歇了一只黑鸟。男友顺着她手指的方向，漫不经心地看了一眼。

米唐说，你多看一眼就不行？男友说，行。男友就紧紧地盯着那棵树。那树上的一只鸟让他给盯飞了。

这个时候，米唐很幸福，也很沉醉。她让男友的手轻轻地揽住了自己的腰。

这个时候，米唐的眼里就有一些晶亮的泪水。

城市这么大，这么繁华。米唐最喜欢的地方就是那棵树下。她经常把男友带到那棵树下。她看见那些从城市吹来的风，一阵一阵地翻看樟树的叶片；她看见那些枝头落下的叶片很眷恋地飘向大地；她还看见老魏很坦然地在树下做最后的守望。

男友起初弄不明白。男友说，米唐，恋爱的地方多着呢，你再换个地方行不行？你说行，我把那棵树买给你！

米唐要的就是这句话，她等的就是这句话。

米唐的眼里浸着泪水说，这棵树就是我家门口原来的那棵树，我想让她回家！

男友说，行。

米唐门口的樟树又回来了。

米唐也请人给那棵樟树搭了凉棚。她还对娘说，娘，有空的时候，给树浇上水。

米唐走后，村里有人和米唐娘坐在屋里聊天，聊着聊着，就聊到了门口的樟树：米唐娘，你家米唐能耐呃，那棵你舍不得卖的树，又给你弄回来了！

米唐娘说，当日挖门口的樟树时，我家米唐还在树下哭呃。我就晓得她舍不得，说不定她还要把这棵树要回来。

米唐娘说完，两行泪径直往下落。

云很白

柳叶眉看了看天上的云，云很白，白得无法拒绝天空的蓝。她没想到，男人黄毛会在秋天的粮站出事。

黄毛装了满满一车谷子，运到了粮站，横一包竖一包下完谷子，让运谷的司机走了。他就找到吹着电风扇的粮站站长，吹电风扇的还有两个人。站长除了胖还是胖，站里人都喊他胖子，胖子说话声音挺洪亮的。他洪亮地对黄毛说：黄毛，这些天你死哪去了？谷子过了秤就打牌，你来了就不差人了。说完，又对另外的两个人笑了笑。

黄毛笑笑说，谷子过了秤，结了账就打。

一沓沓的钱到了黄毛欢喜的手里，他右手握着钱，还在左手着力拍了两下。那两下拍出了声，声音响响的，刷刷的。尔后，就把柳叶眉的话给忘了。

有几朵白云苍白地在移动。在黄毛眼里，那一些白云是天空的腿踹乱的棉絮。黄毛看看天色还早，犯不着就回去。

黄毛输得很惨。黄毛的一车谷子，全部输给了胖子。

胖子胸前堆着的是黄毛的钱，更是黄毛跟柳叶眉辛辛苦苦做成的一车谷。

很少红眼的黄毛红了眼。他看着眼前得意的胖子，看见胖子脸上零乱的笑。另外的两个人站起身就走了，牌局就结束了。

像搁在桌上的一张没有声响的牌，没了谷子，也没了钱，黄毛也不声不响了。胖子顺手给了他一张10块的票子，那一张单薄的票子，再也不会在黄毛手上拍打出响声了。

黄毛拿了那钱像松了绳的牛就走，他在离粮站不远的庄稼医院，买了一瓶农药。

黄毛又匆匆走到胖子主管的粮站，看看天上的白云，就像天空的大嘴饮尽白云一样，他站着一口气喝光了那瓶农药。

黄毛慢慢地倒了下去，眼里是越来越模糊的白云。

胖子看见了，洪亮地说，好好地喝啥子农药？

黄毛就出事了。

柳叶眉快速往粮站赶的时候看了看天上的云，云依旧很白。她不想把事情搞大。

黄毛来不及被送出粮站，在胖子长一声短一声的呼喊里就死了。

黄毛死在粮站。胖子赢钱的喜悦让突如其来的慌张代替了。他等柳叶眉的到来。胖子看了看天上，云很白地定格在他眯着的眼里。

黄毛的身脚已经冷了。柳叶眉一下扑倒在黄毛身边一阵猛哭。哭得胖子心里更难受。

渐渐地，柳叶眉的声音就细了，就停了。她问了一声，哪个是粮站的站长？

胖子早就站在她的身后，就洪亮地接了一句，是我。

柳叶眉说，站长，我家黄毛说不上是好男人，我不想把事情搞大，只想想办法快点安葬了。

胖子说，先拿5000块钱去。

柳叶眉就接过了胖子拿出的钱。

柳叶眉没想到事情搞大了。

村里去了好多人，男男女女的，就有了一支队伍。黄毛的尸体就抬了回来。一路上，队伍里就有人发话，说黄毛是站长逼死的，出这么少的钱，便宜了胖子。还有人说，一点钱打发叫花子，平时胖子的秤砣压那么高，压走了我们好多谷。有人跟着附和，队伍就不动了。

柳叶眉走在后面，听不见前面的人说啥。

有人开始建议，抬回粮站去，他站长给的钱太少了。

抬到粮站去！

只要柳叶眉一句话，抬到粮站去！

柳叶眉看了看天上，云很白，白得炫目。她摇摇头，说，别为难胖子了，人家往后还要掉工作。

队伍又往前移动了。

柳叶眉看了看天，天上还是一些白云，云很白。

她没想到事情越闹越大了。黄毛的兄弟六斤从外面回来了。

黄毛下葬两天了，柳叶眉还在伤心，她擦干眼泪，对六斤说，你哥也有责任，他要不和胖子打牌，就不会出这样的事。

六斤就愤怒地握紧了拳头。

六斤就在屋子里找到一把锋利的斧子。

六斤提了斧子就大步出门。柳叶眉拦着他说，你砍人家胖子干啥？要砍就砍我柳叶眉。六斤不依，还往外冲。

柳叶眉冲上去，抱住了六斤。

柳叶眉大声说了一句，有我柳叶眉在，就不能伤胖子！

六斤猛地一转身，握在手里的斧子就伤到了柳叶眉的右手，他甩了斧子，一把握紧了柳叶眉的手臂。

六斤低下头说，我答应你，再不去砍他，求你把伤口包扎好。

柳叶眉答应了，六斤哭出声来，哥，嫂子不让我去……

不出一个月，胖子不再是粮站站长，也不在粮站工作了。

胖子觉得对不住柳叶眉。

胖子坐在柳叶眉的对面。胖子说，柳叶眉，胖子对不起你家黄毛。

柳叶眉说，站长，其实是我家男人对不住你，让你丢了好端端的工作。

一句话说低了胖子的头。

很久了，胖子开口，我想知道，黄毛兄弟咋就不跟我过来闹？

柳叶眉说，闹过，咋没闹？事情都过去了。你看看，他要去砍你，我一把抱住他，他握在手里的斧子还伤了我的手臂。

说完，柳叶眉左手捋起右手衣袖，露出了那道伤疤。

胖子走时，看看天，说了一句"天上的云很白"，就眼含泪水。柳叶眉看他一步一步走远。她抬头，盯着那些白云，云很白……

赵雪娥

这是一个沾着露水和香味的早晨。赵家庄很多人踩着露水就从赵雪娥的门前闹闹嚷嚷地往东去了。

走过赵雪娥门前的人都喊了她：赵雪娥，快走哇。

赵雪娥看清了，那些走过去的人，手里都拿了东西，要么是锄头，要么是铁锹。

响壳走过去了，边走边说，这回，不给钱，不让他开工，推土机来了也不让他推。响壳的声音，赵雪娥听得出来。

鸭肩走过去了，接上响壳的话，这回，占了老子的地，鸭肩我要让他的脑壳开花。鸭肩的声音，赵雪娥听得出来。

赵雪娥，还愣着干啥？快走哇！他村主任前年拉了你的猪，这回是你要理的时候了。窗子嫂头发没有挽紧，手里捏了一根木棒，见了赵雪娥就说。

赵雪娥说，我有点怕。

窗子嫂甩甩头发说，怕啥？他村主任上回那么对待你，还给他屁的面子，这回村主任要占了我家的地，我非要脱了他的裤子，废了他。你赵雪娥不走，我走了。

赵雪娥说，窗子嫂，你别去，会出大事的。

窗子嫂丢了一句话，老子就是要让他出大事儿。

窗子嫂急急地走了。

赵雪娥知道，村里人要骂要打的那个人是村主任介绍来的老板。

赵雪娥还知道，老板跟村里签了合同。村里起初不签的，后来，老板拉村主任吃了一回饭，说合同就签了，一大块地，20年让老板经营。合同签了后，都说村主任是空脑壳，再怎么穷不能把那块地给那老板经营。

去还是不去？赵雪娥为难了。

前年，自己家的税费没有缴齐，村主任还带来了几个牛高马大的人，呼呼啦啦一来，又捆又绑，拉走了自己不到100斤的猪，去也在理。

眼下，村里的人跟老板干起来，事儿就火了就不小了。

赵雪娥就一脚出了门。

早晨的地里围了好多人。老板喊来的推土机慢慢地开进了地里。推土机的烟筒里冒出蓝蓝的烟，太阳照在推土机上，推土机就有了一种耀眼的红。

人就像鸟一样地往地里歇，歇成一大群了。那片地里从没有歇过这么多的鸟。那些鸟只差往推土机上歇了。赵雪娥看见那些鸟，就往里使劲地钻。

窗子嫂披着头发，胸前横一根木棒往推土机前一站，推土机的烟筒就不再冒烟了。

好多人围着精神的老板，说什么也不让老板动工。老板说，我跟你们的村主任签了合同的，边说边从怀里拿出合同，还在手上扬了扬。之后，那合同像一片白色的羽毛握在老板的手上。

站在老板面前的响壳黑着牙说，签了不算，你那是跟村主任单独签的，不生效。

老板在人群里看了看，赵主任呢？老板就喊：赵样发！赵主任！躲哪儿去了？

鸭肩扬了扬手里的锄头说，他赵样发还敢来？

老板的脸上渐渐地沁出了汗，那些汗让很多的眼睛看见过。那汗就像搁在禾苗上的露水。

鸭肩的锄头像果实一样地落了下来。

不能打他！赵雪娥钻进人群，一把抱住了老板。

赵雪娥的肩上挨了鸭肩一锄。

人群一下子安静了很多。

怎么能打赵雪娥呢？

怎么打到了赵雪娥呢？

聚拢来的人知道出了事，一个个慢慢走开。那些鸟又四处觅食一样地走开了。

只有老板扶着赵雪娥，他脸上的汗粒像雨点一样地滴在赵雪娥的胸前。老板对赵雪娥说，你没必要挨这一锄，他们是冲我来的，不论你落下怎样的伤痕，都留在我的厂里。

赵雪娥说，老板你别这么说，赵雪娥只求老板能留下来。

赵样发一把扶着赵雪娥，说，赵雪娥你是替村主任挨了这一锄。

赵雪娥摇了摇头。

赵雪娥说，村主任，咱们村穷怕了，挨上这一锄，我赵雪娥跟您一样是想留住来村里投资的老板。

赵样发让赵雪娥说低了头。

老板也让赵雪娥说动了心。没一会儿推土机就冒出了蓝蓝的烟。

这是一件 1995 年初夏发生在赵家庄的真实的事件。当年，老板留了下来，征地工作很顺利。乡派出所知道了这件事，来了四个干警要抓鸭肩。赵雪娥拦住干警笑笑说，没那个必要。

派出所的干警就走了。

10 年了，报纸和电视没有宣传赵雪娥的任何事迹。

赵雪娥是谁呢？

赵雪娥不是别人，是我的嫂子。

苏 梅

开春，苏梅男人就出了门。

村里的清收工作首先是从苏梅家开始的。那天早上，苏梅的屋外高高低低地站着村干部，村主任就站在苏梅的屋檐下。苏梅开了门出来对村主任说，你莫看我男人不在家，就从家里拉猪。

村主任朗声说，你苏梅家的猪我拉定了。

苏梅看着几个干部拉猪，猪被拉得一阵狂叫。猪让村里拉走了。

苏梅没了猪，就哭，哭声一阵接一阵地飘荡在村里。苏梅没有哭回那头猪。

看见走远的村干部，隔壁周妈过来劝，苏梅，猪没了，可以再喂，不就一头猪？苏梅一头扎在周妈的怀里才止住了哭。

好一会儿，苏梅才断断续续地说，周妈你说说，村主任是不是欺负人？

周妈说，苏梅，村主任也没有法，总有一家先开始，他也瞧见了你的那一头猪，他不能空着手出你家的门。

苏梅就让周妈说低了头。

苏梅常常想到那头让村里拉走的架子猪，就有了买猪的愿望。

苏梅清楚，她再喂的猪，挨千刀的村主任再不会往村里拉了。

苏梅买回来一只哼哼叽叽的小猪，猪一色的白。

买回来的猪，被苏梅吆喝得跟着她走。

隔壁周妈听见苏梅吆喝，就对苏梅说，买猪了？好好喂噢苏梅，那头猪没了就没了，就那么回事儿。

苏梅说，晓得，早没当回事儿了。

周妈说，晓得就行。

苏梅想，男人不在家，得把猪喂好。年底男人回来，说不定让男人说自己还行，还可以吃上肉。这么一想，苏梅就笑了。

苏梅从菜园里大捆大捆地抱回来青菜，坐在门前的阳光下，一刀一刀地剁碎，再在菜里拌点碎米，放在锅里一起煮，煮得黏黏糊糊后再喂猪。

苏梅有时候喂完食，顺手还摸摸猪的耳朵，摸得那猪舒舒服服的，还拣几粒猪身上的虱子，猪站着不动让她拣。天气一热，三天两天的，苏梅还一桶水两桶水地洗洗猪的身子。

晚上，苏梅是听着猪的哼叫声入睡的，也是让猪的哼叫声吵醒的。

苏梅的猪眼看着就长大了。

苏梅放了猪出来，那猪在苏梅的园子里快快活活地走动。隔壁周妈看见了，说，苏梅你真行，猪长得快呃，年底不愁肉吃。

苏梅就那么自然地笑一下，说，年底，我给你周妈也送块肉。

有一回，天挨黑，苏梅从地里回来，见猪栏的门敞开了，栏里的猪没了。

苏梅就急了。

苏梅就一边找一边哭。周妈看见苏梅哭了，就劝苏梅，不愁找不到，猪不会跑很远的，下午我还听见猪叫了。

周妈也帮苏梅找猪。

苏梅就在屋后找到了猪。

找到了猪，周妈就说，苏梅，猪不还在么？

苏梅就吆喝着猪回栏。一路吆喝，苏梅就对猪说，下回出来了，不要乱跑。苏梅又找来木板跟钉子，乒乒乓乓地钉牢了栏门。

到秋天，苏梅的猪大了。苏梅经常喊周妈过来看她的猪。

周妈也过来看，周妈看过之后，说，这头比村里拉走的那头还上膘。

天一冷，猪就要窝在草里，猪要找有草的地方睡。

苏梅就放一些干草在栏里。隔不了几天，换一次；拉出来的草晒干了，又放进栏。

年底，男人从外面打工回来，看见苏梅喂的猪说，苏梅，我不是跟你说过，不喂的，咋又喂了？

苏梅说，我想气气拉我猪的村主任。

男人说，你气不到他的，气也没用的。

苏梅说，有用，我要不气他，也没有这栏里的猪。你说不过我，你去喊屠夫。

男人说不过苏梅。男人爽爽快快喊来了屠夫，杀了猪好过年。

猪牵出栏来，苏梅就躲到一边去，屠夫一刀下去，猪挣扎了几下，就不动了。

苏梅眼里就落下泪来。

周妈在旁边看屠夫杀猪。猪杀死了，还没看见苏梅，就对着苏梅的男人问，你家苏梅呢？

苏梅男人说，她怕看杀猪，躲一边去了。

周妈看见苏梅的时候，苏梅眼里满是泪。周妈说，苏梅，你家杀年猪呃，怕啥？

苏梅说，我不是怕，是喜。

苏梅的脸上，淡淡地一笑。

守住玉米

春汛一过，澧水就像一只疲倦的蚂蚁向东爬去，安静多了。安静的还有邱家庄。

邱桃看着门前的那块地，跟过门才一个月的丈夫安福说，种一地玉米。

安福递一个眼神过来，说，种！

太阳明晃晃的。明晃晃地照着邱桃的地。邱桃在地头种着玉米，安福在她的旁边也种。

安福种几行玉米，就看一眼邱桃，他看见邱桃脸上的红跟熟透的苹果的颜色一样。

邱桃弯腰下去，肚子隐隐作痛，便一只手捂着。安福看在眼里，就说，我来种。

邱桃看看太阳快挨山了，说，天气好，种完了一起回家。

邱桃又一行一行地种着玉米。

种完玉米，邱桃明显感觉肚子没种玉米时疼了。

安福问，还疼不疼？

邱桃摇摇头，把衣服挌起来，用手摸着肚子说，不疼了。

邱桃的地让一杆接一杆的玉米占据。玉米长得旺，一片片油亮的叶子长出来，整块地绿得像一张阔大的毯子，搁在邱家庄的眼里。

邱桃常常站在毯子边对安福笑，安福见了也笑。

邱桃常常走在毯子上爽朗地喊一声安福。安福听见了就爽朗地回一句邱桃，然后就笑。

安福还一担肥一担肥地往地里挑。

渐渐地，玉米长高了，玉米遮没了安福的身影。安福在地里穿行的身影很难看见了。

看不见安福的身影，邱桃手捂肚子就放声喊，安福！安福！

安福脱了衣衫高高地举起来，晃了晃，说，在！

安福走出来见邱桃又手捂肚子，关心地说，要不上卫生院？

邱桃说，撑一撑。

安福不依，邱桃，你要撑不好，那地里的玉米谁来看管？

邱桃让安福说低了头，让安福扶着一步一步去了卫生院。

安福要求邱桃住院。邱桃不依，还说，我一天看不见玉米，心里乱死了。

安福只得依邱桃，提着瓶瓶罐罐的药回来。

邱桃要看玉米，安福依她。

安福就扶她到地边去。这时的玉米在腰里长出来，吐出的缨子淡红淡红地美丽着，像邱桃脸上的笑。

看完玉米，邱桃满足地让安福扶回来，背后是越来越远的夏天。

邱桃明显地瘦了，肚子一次比一次疼。安福从那些瓶瓶罐罐里拿出药来，说，吃吧。邱桃就一口两口地抿了那些药。

邱桃想看一地玉米熟透的样。

安福看出了邱桃的心事，说，我背你去看看玉米。

安福就把邱桃背到了地边。安福指着地头的一秆玉米说，这是你种下的第一秆玉米！

邱桃的嘴对着安福的耳朵又问，那你种的第一秆呢？

安福说，在旁边，又用手指了指挨着邱桃种的玉米。

邱桃在安福的背上一笑，说，看见了，都好着呢。

安福再把邱桃背到地边时，邱桃就看见玉米一个个像木棒样坚挺。她努力地说，安福，这是我跟你见过的最好的玉米！

安福应声，是最好的玉米！

邱桃就在安福背上奄奄一息，声音低低地说，安福，一地的玉米就靠你了。

安福放下了邱桃。

安福看见了邱桃眼里的玉米和泪。

葬完邱桃，夏汛就来了。很多人都转移到堤上，没转移的只有安福。

安福在地里一个一个地扳着玉米。玉米让他扳得响响的。

澧水决堤了。

洪水在玉米地里横冲直撞，快速地吃那些玉米秆。那些玉米秆让洪水吃得七零八落。洪水又在快速地吃安福的腿，吃安福的腰身。

安福眼里是春天种玉米的邱桃，是他背着看玉米的邱桃。

安福不想走，他看见了邱桃，看见了邱桃苹果一样红的脸。他大喊，邱桃，我们的玉米熟了，我们的玉米熟了。

安福的声音越来越弱。

洪水蛇一样地游退后，邱家庄的人又聚在一起，村主任在清点人数时，发现少了一个人，那人是安福。

很多人看见安福安静地躺在地里，跟一地的玉米秆一样，没了生气。

阳光下，安福满身黄泥，两只手抓着的玉米，非常饱满。

芷兰秀发

"收头发——"长长的声音在邱家庄响起，邱家庄人知道：是那个收头发的中年人来了。

邱家庄很多的女孩是在那个中年人锋利的剪刀下，结束自己的长发时代，芷兰也不例外。

中年人背后挂一个陈旧的牛皮包，芷兰一口气追上那个中年人，说，师傅，你等等！

芷兰跟中年人站在树下，站在夏天的树下。

夏天很燥热，树上有一只肥肥的蝉着力地鸣叫。中年人稳稳地站在芷兰的背后说，开剪了，给最高的价。

芷兰脸上带笑地说，开剪吧，师傅。

安生没上前拦芷兰，他知道自己拦芷兰不住，只好远远地看着，汗一粒粒在脸上在身上无所顾忌地生长又流动。

中年人掏出了亮而净的剪刀，剪刀张开嘴，吃发的样子干脆而贪婪。

芷兰就听见脑后有一种很脆的声音传来，那是剪刀断发的声音，极像芷兰的手平缓地撕碎青青菜叶的声音。

中年人一把挽着断落的芷兰的长发，满意地说，这是我见过的最好的长发！

芷兰掉转身来，眼泪就珠子一样地落下来。芷兰说，师傅，你别说了。

中年人把头发放进了牛皮包，然后拿出钱，给了芷兰。

芷兰一把捻着钱，一转身，就走了，身后是越来越热的夏天。

芷兰转身离去的背影留在安生的眼里。

安生追上了中年人，说，师傅，我出钱买下你刚刚收来的头发。

中年人摇头。安生又说，我出双倍的钱。

中年人迟迟才拿出长发，狡黠地看了安生一眼，说，拿走吧。

很多剪了长发的女孩走出了邱家庄，芷兰也不例外。

芷兰跟安生翻上高高的澧水大堤。芷兰说，我的长发剪了，卖的钱，作路费，你回去。

安生没有拉住芷兰的手，呆呆地站在澧水大堤上。

安生在芷兰的脑后没有留下一句话，芷兰就走了。

安生回来做了一个木匣子，木匣子做得极精致。在木匣子外面的底部，还刻了一行字：芷兰秀发永久保存。字刻完，安生想到了上漆，里面上的是黄漆，外面上的是红漆，还用绿漆做了边。等油漆一干，安生就把芷兰的长发留在匣子里。

安生没事的时候，就打开木匣子，用手摸摸长发，然后一笑。合上匣子那刻，安生像看见了披着一头秀发的芷兰，觉得芷兰还在庄里。

邱家庄不断地传来芷兰的消息：说芷兰在外面做了小姐；说芷兰跟了一个大她 40 岁的老头……

消息一个比一个坏。安生却不当回事。

汹涌的澧水冲决大堤，狂妄地进入邱家庄的夏天。安生什么也没带，手上拿了木匣子，奔向大堤，水就在他的身后追赶。

安生上到大堤上时，老村主任一把拉住他，说，安生，庄里还有人没上来。

安生说，我去，你替我管着匣子，要回不来，你把匣子给芷兰。说完就把匣子往老主任怀里一塞。

安生很快就把船往水里划，船在浑水里就像一片漾着的黑色菜叶。

很快，安生就救回来一个老汉。

很快，安生又救回来一个女孩。

安生再没有回来。

水退了。

芷兰回来了，头上的头发让几枚发夹护着，发夹的颜色比夏天的颜色还扎眼。她身上挎着的包，在邱家庄的夏天里精致地晃荡。

芷兰坚信，安生不会走。

芷兰在邱家庄寻找安生。她没见着安生，就打听。有人说，安生走了。

芷兰还不信，好好的安生怎么会走呢？

芷兰眼里的树往上长了，树上歇了肥肥的蝉，蝉又在鸣叫。芷兰在自己断发的树下找到老主任，问，安生呢？

老主任说，水灾时，走了。

芷兰信了。

芷兰没哭。

芷兰要走，老主任说，芷兰，安生还有一样东西在我家里，你回来了，以后你就保存好了。

芷兰说，拿来看看。

老主任很快拿来木匣子。芷兰一手接过木匣子，老主任就走了。

握在芷兰手里的木匣子很轻。她打量了一会儿木匣子，再把底翻过来看，她一眼就看清了那一行字：芷兰秀发永久保存。

芷兰打开匣子，匣里是一把乌亮的头发，安静地卧着。

芷兰口里喃喃：安生，你把我的头发要回来了？

芷兰轻轻地把匣子搁在地上，一枚一枚地松了扎眼的发夹，从包里掏出一把小剪刀，小剪刀在一小口一小口地吃芷兰头上那些头发。

邱家庄的眼里，芷兰的秀发一根根一缕缕无序地下落……

远远地，过来一个人，是那个收头发的中年人，芷兰没有唤住那个中年人。

　　"收头发——"

　　那个中年人嘴里发出的声音，长长地忧伤地响起。

　　芷兰这才知道，这个夏天真的距那个夏天很遥远很遥远了。

酒

长发在村里的本事就是酿酒。

一开春，长发里里外外忙乎着，泡谷，下药子，酿。一路酿过来，直酿到年尾。

酒糟用来喂猪，酒用来卖。不出几年，长发富了。

每酿一次酒，长发都要给村主任满柄送。

见长发来，满柄说，又酿了？

酿了。

长发送来的酒不多，就一小壶。那一小壶酒倒在满柄的酒瓶。长发就说，满柄，你悠着点喝，隔下一锅还有些日子。

满柄说，喝着你长发的酒，胃里头舒服，谢你长发呃。

长发说，不就几口酒，值得谢？

满柄说，值。

长发说，酒壶我拿回去，下次好送酒来。

满柄目送手拿酒壶的长发，直到眼里没了长发的身影。

只要长发送酒过来，满柄看见了，隔老远就喊，真不好意思让你长发跑过来送酒，上次的刚好喝光呃。

长发说，主任说哪儿去了，不就几口小酒？还在乎个啥？

长发从不在满柄家喝酒。满柄每次拉长发喝酒。长发笑笑后，说，一起长大的兄弟，回去了，有的是喝的！

满柄一听，一脸的傻笑。

长发往满柄家送酒的时候，村里的来劲也往满柄家送酒。

来劲第一次送酒，嘴里不知哼着是啥曲儿进了满柄家的门。满柄根本不拿眼睛看他。满柄说，你把酒带回去，我有的是长发送的土酒呃。

来劲说，满主任你还没喝呃，要喝了，你就知道了，我那酒比长发的强。他长发的算什么酒。

满柄疑惑，真的？

来劲挤着眉弄着眼说，还会有假？

满柄说，你来劲要不坐下来喝一杯？

来劲说，还有事，村主任您慢慢喝。

来劲执意要走。

满柄留他，不坐了？

不坐了。来劲说完，就哼着不知是啥曲儿走了。

满柄喝着来劲送过来的酒，越喝越来劲，越喝越想喝。酒后，满柄说，你长发的土酒算什么酒，他来劲的酒才是好酒，好酒！

长发送过来的酒，满柄再也没有动口。

酒一酿完，长发还是送一壶来。见满柄装酒的瓶子里还有酒。长发生了疑问，满柄主任喝不来我长发酿的土酒？

满柄说，长发，送了这几年酒，往后就不送了，留着自己喝吧，要不卖点钱。

长发说，不就一点土酒？钱又值哪？

满柄听了一笑，嘿嘿。

长发从满柄家出来，见来劲提着两瓶酒。长发问，找满主任？

来劲说，找满主任，你不一样？

长发摇摇头就走，一句话丢在脑后，说，你来劲找吧。

满柄见了来劲，说，屋里坐屋里坐。

来劲把提过来的酒往满柄的桌上一搁，就出来了。

村里修学校，开工前，想包揽这个工程的有两个人，一个是长发，一个是来劲。

满柄为难了，给谁呢？

满柄自己也弄不清，这个工程往后是谁的。

长发家的酒香飘过来，长发又酿了一次酒。送酒时，长发对满柄说，算了，不跟来劲争。

满柄一笑，只有你长发知我满柄呃。

来劲就顺利地包到了工程。

工程还没完工，就出了问题，问题还不小。上面追究下来，满柄脸上无一丁点光彩。没几天，就不再是主任了。

满柄像换了一个人。

满柄肚子里有气没地方发，就想到了长发原来送来的酒，就一天天喝。瓶子见底时，满柄不喝了。

长发还是往满柄家送酒，还是原来的一小壶，还是往满柄的酒瓶里倒，还是拿着酒壶回家。

满柄一次次不让长发送酒，却一次次拦长发不住。

满柄开始后悔，当初工程要是给了长发，自己的主任位置怕还在。

满柄找了长发，说，长发，我明白了，你的土酒是真正的好酒，来劲的是什么酒，是毒药。

长发拍拍满柄的肩，说，你满柄早一点明白就好呐。

河上有桥

那时，河上没有桥，来往渡河，靠撑船，靠撑船的炳。

炳年轻时撑一手好船。炳有样撑船的本领，就意味着河上的生意是他的了。

炳有过高兴的时候。炳的高兴是在那年春天。那年春天的河上发桃花汛。炳那天像往常一样地撑船。炳在码头等客。

有客在等船，具体地说是在等炳。

炳来了，那客上了船，是个姑娘。那姑娘说身上忘了带过河钱。炳知道了什么。炳说，自己撑船这么多年，不光为钱。

那姑娘看看炳，说，大哥，谢你了。等船一靠岸，炳对那姑娘说，往后找到好的归宿，再来搭船。炳那天对着河里飘走的桃花，喝了一阵酒。

炳没有成家的理由，怕是为了那未给过河钱的姑娘。炳几乎把所有的希望都寄托在那姑娘身上。炳应该留住她的，两岸村庄的住户都说，炳应该留住她，或许那姑娘就是他的了。

炳起初一听这话，觉得没一点道理。

炳后来就七想八想，便觉得是那个道理。

炳还在河上撑船。

有人建议在河上修桥了。

炳知道了这个建议。炳知道这个建议将影响到以后的生意。炳权当没听到这个建议。炳依旧撑船，只是炳撑船的时候，双手紧紧握住桨。炳清楚，桨还能握多久。

有人往河边运材料了，炳看见了。炳看见那堆在岸边的水泥，石块，还有搭起的帐篷。炳只当没看见一样。

那天夜里，炳喝了一杯酒后，就在船上流泪了。炳为还未回来坐他船的姑娘流泪，并且自言自语：怕没找到好的归宿，要不咋不来呢？炳流了两行泪。

天亮了，炳依然装出高兴的样子。炳像没有心事一样，还在那河上唱一二三句歌子。旁人见他快活，便取笑，炳哥，桥修好了，你就用不着撑船，也没撑船的地方了。

炳的脸上没一丝忧伤。炳仍然高兴着。

听说那桥不修了。不是不修，是停修。领头的人说，要在两岸的村子里集资。领头的人还说，眼下的资不好集呃。

炳又知道了这事。

两岸村子的人说，修桥自己愿意出资，反正每次渡船都要出过河钱，只是那炳哥不会出，明知出了钱，对自己不利。

领头的人考虑到这事。

那天，领头的人坐到炳的船上。

领头的人还没说，炳开口了，乡长，炳不是不通情理的人，修这桥，我拿出一辈子撑船的钱来。

话一出口，领头的人一惊。

领头的人说，你炳叔还没家，留着成家用吧！

炳说，不用了。自己也不中用了。

领头的人领悟了，谢炳而去。

炳沉船那天，桥修好了。

几日后，桥上过一妇人，久站桥上，望河中，口中嘟哝：上回送我过河的大哥，还在不？

割稻的方木

方木要在田里割稻。田就在山脚下，远远看去，那一丘丘的稻子像一张张黄毯子，空气里飘着稻子成熟的声音。这个时候，村庄的内容大多部分让稻子占领了。

方木手拿一把雪亮的划镰下到田里，也就是下到毯子边。田里早就没了水，脚板平稳地站在泥上，陷不到泥里去。

方木想，我割稻不会怎么着的？方木就紧紧地握着从铁匠铺里打来的划镰。

方木在割稻，也就是在割碎那一张厚实的黄毯子。

方木像一只鸟轻轻地歇落田里后，方木爹也来了。

方木爹也跟着下田了。方木爹一手扔掉手中的一小截燃着的纸烟，说，不等了，开割。

方木那让一件薄薄衣衫遮着的腰弯下去。这个时候的村庄没有一点吵闹。最先收稻的只有方木。

方木就一只手捻住那一株株稻，另一只手里的划镰朝稻的腿部割去。这样的动作来回了很多次。

方木想到了要伸一伸腰。方木感到腰里像塞着什么，酸酸地疼。

方木看看远处的稻，离割到田那头，还不是一刻两刻的时间。

方木就说话了。方木说，我不想在村里干了，那广播员当得不顺心。

方木爹没有站起来，听见方木说的话。

村主任找上门来要的你呃，他会害你？方木爹面前的稻子听见了方木爹的话。

方木说，昨天，村主任做的事，我就想不开。

你莫糊涂呃，你一脚在村里还没踏稳呃，村主任自然有村主任的套路，他还比你差？方木爹放了一把稻站起来说。

方木说，那他也不能拿我做由头！

割稻割稻呃，往后，你就会明白的。方木爹横了一眼方木。

方木又低下身子割稻，使劲地抓住那一株株的稻，划镰割得那些稻脆脆地响。

方木爹看在眼里，对着割稻的方木说，你嫩骨头，没绵劲，歇歇，脑壳里莫乱想。

方木说，要歇一路歇。

你先歇去。

方木就势坐在一把稻上。坐在稻上，方木看了看还在毯子边移动的爹。

方木歇过一会儿后，又快速割稻，快速剪那张毯子。毯子越来越小，越来越瘦。

方木爹斜斜眼睛看看方木，说，割完稻你就到村里去。

方木说，不去，我想不通，明明是村里接待乡广播员的酒菜，乡广播员没吃没喝走人了，村主任就叫来村干部吃，完了还要我在单子上签字。

方木，这事你可不许乱说。村主任是为你好呃，你想想，他不叫张三，也不叫李四，偏偏就叫上你。

就是害我呃。方木抓着一把稻没有割，只管说话了。

一点也不害你。方木爹握着一把稻没有割，只管说话了。

往后，我割我的稻，我不求在村里，就是找不到事，我背起包包打工去。割完稻，我就把这事对村主任说。方木割断了手里抓着的稻，沉沉地朝背后一放。

方木,你不做广播员都行,村主任拉你吃饭的事你就莫说呃。要不我拿划镰割你的颈呃。方木爹割断了手里握着的稻,也沉沉地朝背后一放。

方木瞥了一眼爹,背又低下去。

方木的手猛地一抽,原来是被划镰挨着了,一根指头流血了。

方木爹吼,脑壳里尽装些乱七八糟的东西,这不割着了?往后,说不定还要割着心呃。

天黑以前,那张毯子还剩下极小的一块,方木爹起身要走,对着割稻的方木说,我到村主任那里说说,明天,你还是到村里去。

方木说,爹,去了也白去,明天,我下田打稻!

要打你一个人打。方木爹把话丢在了方木的眼前丢在就要沉入夜色的村庄,那话像一截烧过的木头。

粒　豆

堡里好多的男人都让王包头带走了，他在挨近城里的地方包了个工地。粒豆男人也在其中。

走之前，粒豆男人说，第一次跟包头出门，要等桃红的时候回来。

眼看着桃子一个比着一个地红了，堡里的人说，那些桃子是粒豆的伴。粒豆几乎是枕着红桃睡的。

当那微微的南风变得有力时，就知道这是陈家堡的夏天了。粒豆男人还没有回来，粒豆家的桃却很有意思地在那些参差的枝枝丫丫上红了。整个堡里保持着安静。

桃贩心情很急地一步两步进堡来，有人冲着桃贩说，买桃的，粒豆家的桃好呃。

桃贩走过来跟粒豆坐在桃树下。桃贩先看看体态匀称的粒豆。粒豆也看看眉清目秀的桃贩。桃贩不敢看粒豆了，就看树上的那些发红的桃子。

粒豆说，都红了呃。桃贩心里看得痒痒的。就问，卖不？我全要呃。边说边起身再次看了看树上的桃。

粒豆说，卖。往年的桃都是卖了的。

桃贩问，怎么卖？

粒豆说等男人回来了再卖。

桃贩反问，桃会烂的。那你男人不回来呢？

粒豆说，男人不心痛，随它烂。

那你男人几时回来？

粒豆浅浅一笑，然后摇了摇头。

桃贩不时地看看那些红桃和粒豆就走了。

下午的天色还早，粒豆仍坐在桃树下看树上红红的桃。傍晚的余晖坚定地照在陈家堡。桃树上有几只鸟歇着，那些鸟朝最红的桃吻了几口。粒豆见了一笑，说，我家男人还没这样吻过我呢。

当粒豆又枕着那些红桃入梦时，粒豆男人披着沉沉夜色回来了。

粒豆男人的身影瘦瘦的。

粒豆男人说，想着那树桃，工地上忙着呢，王包工头给了一天假。

粒豆起来，就着灯说话。

粒豆问男人吃饭了没有？男人说在工地上吃过了。

粒豆问男人工地上的工钱发了没有？男人说下个月发。

粒豆问男人随王包头到过发廊没有？男人说没有。

粒豆跟男人睡一头。粒豆再跟男人说桃的事。

桃树在屋外安静，屋里传出话来。这几天桃子红得飞快，一天一个样，太阳也好。好多的鸟在树上还叫呢。

男人拥着粒豆。粒豆像那些鸟吻桃一样地吻了男人。男人让粒豆吻。

粒豆问，你听清了？

男人说听着，你往下说呃。

桃贩见了桃心里痒痒的，桃贩的价格给得低，钱是现的。那就卖给桃贩了？

就卖给桃贩，城里桃价好是好，就是骗子多。粒豆男人说。

粒豆说，依你，天亮了就摘桃。

天亮了就摘桃。

上圆下方的箩筐是男人找来的，粒豆搬来细瘦的木梯。

粒豆搭起了精神的木梯，男人就上树摘桃，粒豆也摘桃了。

有时候，粒豆喊，桃子接着呃。男人就接粒豆递过来的桃。

粒豆男人喊，粒豆，小心自己的脚。

粒豆就谨慎地在木梯上站牢。

树上醒着的桃子在筐里睡着了。粒豆望着那两筐桃，就来了话，卖了桃，买只羊喂喂，闲在家里没事。年底还吃得上羊肉。

男人一笑，依你。

粒豆又改变了主意，说，不喂羊，一人喂羊，十人操娘。喂羊遭人骂，买头猪喂算了。

男人又一笑，依你。

摘了桃，粒豆出去找桃贩。粒豆回来说，赶紧挑出去。

男人挑一担桃晃悠悠出门。粒豆在后边也跟着背一袋。

粒豆问，挑得起？

男人肩上回过来一句话，挑得起！

卖完桃，粒豆得了钱。男人说要走。粒豆说，回来一天就光忙着摘挑卖桃，还没好好疼你呃。

仍旧是夏天的风吹过来，天还没黑尽，粒豆洗净身子，洗了头，头发让暖风吹起来。男人出门，粒豆使劲一把抱住瘦弱的男人，一头扎进男人怀里。

粒豆说，我给你留了几个好桃，拿着路上吃。

粒豆男人拿着粒豆给的桃就上了路。

福　锁

五年级的学生福锁让车伤着了。

天刚亮，福锁就沿着那条村道去了学校，那条村道两旁的田里开着油菜花，一朵一朵地晃着福锁的眼。

福锁眼里的油菜花是那样的黄，黄得有点儿疯狂。

远远的学校里升起的红旗在缓缓地飘。

福锁回过神来的时候，前面正好来了一辆车。车很破的样子，像一只破了壳的虫，那破车的车速不是很快，司机把车刹住后，就见福锁像一根草倒在了地上。

司机没有跑。

司机一下也吓傻了，从车里钻出来不停地骂，这该死的破车，你走路就走路，咋就要伤人？骂完后就垂头丧气。

福锁的爹听说福锁让车伤着了，急急地从屋里跑来，拿眼用力瞪了一下司机后，就一把抱住福锁，嘴里不停地喊：福锁，我的儿呃，福锁，我的儿呃。

村道上很快围拢很多人，那些人像鸟群一样，一下子就飞到了村道上。

福锁的叔是鸟中的一只。

福锁的叔就对福锁的爹吼，啥时候了，还不抱福锁上医院？

福锁爹背着福锁急急地朝医院跑，边跑边对后面福锁的叔说，我身上没带多少钱呃。

福锁的叔没朝医院跑，福锁的叔抓着司机没让他走。福锁的叔想，在村道上出了事，你司机走得了吗？

司机说，你抓着我没用，反正那娃的医药费我出，还不行？

福锁的叔还不放心，说，你先给你家打个电话，让你家里人送点钱来，我那老大眼下两个孩子难着呃，刚走的时候还说没带多少钱。

司机就给家里打了一个电话。

福锁住院的钱是司机交的。

福锁醒来的时候发现自己到了医院。

福锁坐在医院的病床上说，我怎么会在这儿？福锁的叔说，福锁，那一天，你好险呃。

福锁两眼看看叔，没再问什么。

这起交通事故很快得到了处理，处理的结果让人意想不到。

处理的前一天，福锁的叔坐在了福锁的床边，福锁的叔对福锁好得这么快感到欢喜。

福锁对叔也有了好感。福锁问，叔，几时才出院？

福锁的叔说，明天。

福锁说，好好好，明天。

福锁的叔说，福锁，你爹带你不容易，你爹怕你留下后遗症，后遗症你懂吗？

福锁的叔接着说，福锁，明天有人来问你，你就胡乱说话，到时，你就可以得到很大一笔钱，懂吗？

福锁说，懂！

真懂了？福锁的叔还不放心，又问。

懂了，叔你不嫌烦？

第二天，来问福锁的人是个医生，医生说，福锁乖，福锁好了？

福锁说，好了，医生和我叔我爹把我照顾得好好的。

医生说，福锁，读几年级？

福锁说，读五年级，这学期老师还要我们写作文呃。

医生说，你感谢不感谢司机为你出了医药费？让你的伤得到了医治？

当然感谢！其实是我自己不好，那天早上看那些油菜花着了迷，吓着司机了，给司机也添麻烦了。福锁说。

你坐着呃福锁，乖！真乖！医生说。

医生说完就出去了。

再进来的是福锁的叔。叔说，叔昨天给你说的话，你就忘了？

叔，我不是忘了，我是真正好了，我没后遗症。长大了，我还要做人，那话我说不出口呃，叔。

叔一听，摇了摇头，该你爹穷，放着的钱，用你这只手都不敢拿。

福锁说，我爹再穷，我也不会出手的，叫我爹来让我出院呃叔。

叔走出了病房。福锁想，叔咋这样呃，好在车伤出在我身上，要是出在叔身上，那司机不就惨了……

麦 青

日头往西移，坡上的光线，明显的比先前亮了。

麦青坐在山坡上看着自己的牛，女人坐在麦青的旁边。牛就在坡上不紧不慢地啃草，牛还对麦青不时地望望。麦青说，卖得了。

麦青女人回话，是卖得了，卖牛的钱要攒起来，往后用钱的地方多。

麦青瞥一眼女人，就开始吆喝牛，牛就在坡上的光线里走动起来。

麦青一口接一口地喝着谷酒。酒喝到了兴头上，女人劝他莫喝了，还要卖牛呢。麦青这才放了筷子放了杯，去牵牛。

麦青迈着晃晃悠悠的步子，那头牛的步子也晃晃悠悠，身后响起女人的声音，卖了牛的钱，好好拿着呃。

麦青就还两句，你当我麦青是 3 岁娃不晓得高低。真是的。

麦青还没回家，就有好多人知道麦青卖了牛，村主任也知道了。

村主任看见脸上还红着的麦青，开口说，麦青兄弟，卖了？

麦青就说，卖了。

村主任又开口，麦青兄弟的牛钱，借得？

啥用？麦青问。

村主任说，村里欠上面的税费，上午来催了。

麦青想，牛是自己喂的，这主好歹自己做得。麦青就点了点头。

麦青没有回家，麦青去了村里，当着几个村干部的面，拿出那包用牛换回来的钱，朝村会计的办公桌上一放，村会计数了钱后，就开了借据。

麦青拿了借据要回家，村主任留他喝杯酒再走，麦青不依，说，出来半天了，得回去了，自己家的酒还没喝完。

麦青进屋时天没黑，女人见麦青没牵牛回来，知道是卖了。女人想，牛钱揣在他身上。

睡觉时，女人迷迷糊糊地问了一声，牛钱呢？

麦青在床那头答话，天不早了，还不睡？

女人的声音就没了。

眼看着，麦青的娃大了，一开学就要进高中了。麦青想自己要用钱了。

麦青没跟女人说，就去找村主任。村主任摇了摇头。麦青要走时，村主任说，村里是没办法想了，麦青兄弟你自己想办法还来得快些。

麦青只好装作没事的样子回来。

麦青狠狠心，想了另外的法子，让儿子上了学。

高中毕业，儿子回家种田。没两年，儿子谈了对象。麦青想，买电器置家具要的是钱，麦青从坛子里抠出那张借据又找了村主任。

村主任又摇了摇头。麦青回来的路上，一直想着村主任的那些话，对不住你呃！麦青兄弟。

麦青回来又狠狠心，想了另外的法子，让儿媳妇进了门。

没两年，儿子出去打工，回来接走了媳妇。

又不出一年，麦青的儿子又接走了娘，就剩麦青留着守家。

守在家里没事，就容易想到借据，一想到借据，麦青就想到那头牛。牛没了，钱变成了薄薄的一张纸。怎么想，心里都不那么开心不那么暖和。

麦青想，这事还得找村主任，是村主任欠他一头牛的钱，不找他找谁。

村主任上医院检查回来的事，很多人知道了，村主任得了绝症，村里好多人看过他了。麦青想，自己是跟村主任一块长大的。麦青买了一篮子鸡蛋，还抓了一只鸡过去。

站在村主任的床前，麦青说，那头牛换来的钱我一直瞒着。

村主任颤抖地说，晓得晓得，真不容易，麦青兄弟，再瞒一段时间就行了。

麦青想，你还要让我跟你一块瞒到土眼里去？

看着躺在床上的村主任，麦青这想法始终没说出来。

村主任的病情在加重，村支书说，村主任要你麦青过去。

村主任当着村支书的面说，麦青，我还怕你不来呢，当初你借给村里一头牛的钱，村里困难，我又还不上，往后就拿组织上给我的安葬费给你。

麦青说，村主任那怎么行？

那怎么不行？村主任很吃力地说出这几个字。

麦青领到钱的那天，心里很不是滋味。

土　娃

这个暑假，土娃有了想法。土娃就把想法跟娘说了。

娘只说了一句，土娃，你还小呃。

土娃出门的时候，土娃娘说，捡不到废品就回来，你在外莫惹事。

土娃说，捡得到的呃娘，不会惹事的。

土娃就拿了一把钉耙一个袋子出了门。土娃在垃圾填埋场捡废品。土娃看了看袋里的废品，就往垃圾填埋场旁边的收废站走去。一袋废品空掉后，土娃看看到手的钱，浅浅一笑后，就回家了。

天在门前的树上路上黑定，土娃娘还在门口等土娃。

土娃回来，屋场上的狗，汪汪叫了几声。土娃娘说，急死娘了，一天没见着，怕你土娃惹事。土娃说，娘不担心，我快成大人了，天这么黑了，你还在外面等，土娃心里不舒服。

土娃娘一听，眼里就流下泪来，土娃一见，说，娘，你哭啥，土娃挣得到钱了。说完，便把卖废品的钱拿出来。

土娃娘才止住了哭。

睡觉前，土娃把卖废品得来的钱一张一张地看了一遍。

第二天，土娃又出去了。

天黑后，土娃又回来了。

睡觉前，土娃把钱放在一起，又数了两遍。

村主任打着酒嗝叼着纸烟进土娃家来，跟土娃娘说，村里的提留要交了。土娃娘望望打酒嗝叼纸烟的村主任后，低下头说，村主任，你晓得的，土娃他爹的拖沓病真害穷了一家人，提留还没影儿呢。

村主任说，你家土娃，不是天天在卖废品？

土娃娘低头回一句，那都是些小钱，下学期开学，他还要买书的呃。

村主任看一眼土娃娘，再不多说。

整个暑假眼看着就要完了。暑假过完，各家各户就得交村提留。土娃还不明白这些。

土娃娘说，土娃，这个暑假，你还没休息几天，今日就不出去了。土娃说，不去就不去了。

村主任跟村会计一前一后地进了土娃家。

土娃问，娘，他们两个来做啥？

土娃娘说，土娃，你还小，这些事不用你管，你先出去。

土娃听了娘的话，就出去了，边走边往屋里望。

土娃听娘说，村主任，土娃捡废品才有 100 块钱，他天天看着的，睡觉前，还要看上几遍的。

村主任说，困难归困难，该交的要交。土娃娘再不多说，两手颤抖拿出那一包零票。村主任说，会计，你数数！

村主任对土娃娘说，会计数了不会错，土娃娘目光有点呆滞，不再看村主任。

村主任跟会计从土娃家出来，土娃还没有回来。

土娃再去捡废品，土娃娘喝住了土娃，别去了，捡了也白捡！

土娃怔怔地站着，娘，这话是啥意思？

土娃娘说，你捡废品的钱，让村里拿走了。

土娃说，你怎么就给了村里，村里没给我废品呃。

土娃再没有上学。土娃每天在村主任门前骂，骂声里还要村主任退那 100 块钱。村主任让他骂火了，出来吓土娃，还骂我，我找人来捆你。土

040   少年梦·青春梦·中国梦——中国故事
[伍中正] 云很白

娃说，我才不怕你捆呃，你不退我那 100 块钱，我天天骂，骂死你。

村主任没退钱，村里也没退钱。土娃很苦恼，土娃就想了一个法子。

土娃那天等在村主任的孙女回家的路上，使劲掐了她的脖子，在她的脸上划了两条长长的道儿。

村主任没找土娃，土娃再不骂村主任，也不再找村主任退钱。土娃想，那 100 块钱，就让他的孙女儿交了药费。

往后，土娃再没上学，天天一把钉耙一个袋子地出门。

锯　树

　　村子里有风。村主任走到保财屋前时，就对那些树看了看。屋前屋后的树让风吹得哗啦哗啦地响。

　　保财就在那哗啦哗啦的响声里小睡。

　　村主任喊了两声保财。保财醒来说，村主任来了，坐，坐。

　　村主任说，你保财的欠款要缴了。

　　保财说，一时缴不出来。

　　村主任说，那就挑粮了。

　　保财显得更为难了，保财明白，粮在破仓里，没有多少，挑光了，也缴不齐。

　　村主任说，那就锯树。

　　保财说，锯我的腿可以，树锯不得，没树了，遮阴的地方都没了。

　　村主任看了看那些树说，保财，总不能让我替你缴。你那几棵树闲着也是闲着。

　　保财说，树没闲着，在长。一年下来，长不少呃。

　　长得太高，往后，不好锯，危险。村主任像在提醒。

　　保财说，长高了一样锯得倒，不危险。

　　村主任补充说，我是让你锯了树卖，抵村里的账，你保财不明白？

保财无奈地看看村主任，又无奈地看看那些树，说，锯。

锯树的人是村主任叫来的。三个人，一人拿了锋利的斧，一人拿了锯，一人拿了粗粗的绳。

拿绳的人快捷地爬上树，用绳套牢树的脖子后，就下来了；拿斧拿锯的人就开始锯，保财的屋前，锯子吃木的劲头很高。

保财坐在禾场上看锯树，树的脖子上吊下来的绳子，让人死死地拉着。

拉树的人喊，保财，你走开点，莫等树倒了，压着呃。

保财脸上没有一点笑，当没听见。

树很快就倒下来。拉绳的人，在解树上的绳，保财走过去，用手摸着树身。拉绳的人说，保财你莫痛这些树了，锯了好采光。

保财脸上仍没有一点笑容，当没听见。

锯树的人极用心，也用劲。锯片吃树的声音也响响的。又一棵树呼啦一声倒了下来，树落地的声音惊动了脸上没有笑容的保财，保财大哭，我的树呃，我的短命的树呃。

村主任在一旁浅笑，保财把树看进肉里了。

树，锯了一半。村主任说，停。

锯树的人停了锯树，有人摸了摸斧口，说，村主任，斧口钝了。

有人摸了摸锯片，说，村主任，锯子锯得没路了。

村主任说，村里不会亏你们，莫在嘴上念。

保财在他们说话的时候，停了哭，村主任对没哭的保财说，这些够了。

倒在地上的树，风一吹，叶子就蔫了。保财坐在一棵树上，舍不得，便来了话，看着长高长大的树呃。说完，神情就蔫了。

树一棵一棵地抬向村里。

每抬走一棵，保财死死地盯着，抬最后一棵了，保财干脆松了手，说，抬干净。

村主任走时，说，说不定明年还来锯的。

过了一年，保财明显地瘦了，老了。

瘦了老了的保财不等村主任来催，请了两人，把剩下的树锯了。

锯下的树，削了枝，放在屋里，码在一起。

村主任来，没见去年的没锯完的树，就对保财说，那些树呢？

保财声音怯怯的，还能弄哪儿？在屋头。

村主任站在屋头，看见那些树，才放了心。听保财说，欠村里的钱，还不上，怕村主任费神，自己请人锯了。

村主任说，那是那是。

保财说，村主任，你看看我的屋。

保财的屋，歪歪斜斜，村主任说，周围有树的时候，看不出来，没树了，会倒的样。

村主任说，村里还不光你保财一家，村委会实在是拿不出钱来。

村主任走时，拍拍保财的肩，说，你保财咋不争气呃，那几年多栽点树，可以抵账，还可以盖房。

保财听了，什么也不说。

秋风有些凉

秋风一阵阵掠过卢家庄。雨三下两下就湿了秋天，渐渐地，卢家庄的秋天就有些凉了。

卢一苇回村后，想到的第一件事就是要找村主任丝瓜，要回村里欠他的钱。

卢一苇离村前，喝红脸的丝瓜就满口答应过他，秋后，村里欠他的钱，一起还上。

卢一苇放不下心，说一句，要还不上呢？

丝瓜粗门大嗓地说，还能怎么样？拉我家的猪！

卢一苇是拿着一根绳和一根竹刷条来的，边走边想，也怪不得我，当初，我欠村里那点钱，你不也来拉我的猪？没了那头猪，我那婆娘那夜眼睛都哭肿了。一想到这事，卢一苇的腿上就来了劲。

秋天也跟丝瓜样的冷着脸。丝瓜冷着脸坐在门口看雨湿秋天。见卢一苇来了，自然没了看雨的心情。丝瓜想，我晓得你卢一苇会来的，我那年拉你的猪，我是没有办法呃。卢一苇粗门大嗓地问了一句，你那当家的在不？丝瓜小声地说，卢一苇，她要在，你就拉不走猪。说完，把头扭向一边。卢一苇听了，"嘿嘿"笑了两下，说，当年，我要在，丝瓜你也拉不走我栏里的猪。丝瓜轻蔑地笑了一下，指了指栏里的猪，说，卢一苇，拉。卢一苇说，村主任，你就不能再想想法儿？丝瓜没说话，只摇了摇头。丝瓜想，我是你的村主任呃，你不会一点情面不给，说拉猪就拉猪。卢一苇扬了扬手里的绳子，就走向栏边。卢一苇翻过栏门，就进了猪栏。卢一苇开始套猪脚，猪有点认生，不让他套。卢一苇说，村主任，你过来帮一下忙。丝瓜就进来了，那猪的一只腿上很快地套上了绳子。

丝瓜想，他卢一苇套猪的样子跟那年自己套他家的猪是多么的相似。那天，猪没套上，还是卢一苇他婆娘给套上的。丝瓜发话了，你卢一苇是装样子给我丝瓜看的。真的拉猪？

卢一苇说，我猪都拉了，还装样子？

丝瓜打开栏门，卢一苇就一手牵着绳子，猪就跟卢一苇走了出来。卢一苇手里还拿着一根竹刷条，走几步，用竹刷条抽一下猪，那猪让卢一苇抽得哼哼叽叽，跟着卢一苇走了。

卢一苇走的时候丢下一句话，装样子，我才不来呃。

丝瓜觉得秋天跟猪一样哼哼叽叽的，心里空空荡荡的。

丝瓜坐了下来，嘴里嘀咕，我是你的村主任呃，一点情面都不给？

天一黑，丝瓜女人不见了栏里的猪，就骂，丝瓜，老子千把食万把糠喂大的猪呃。女人骂一句还不解恨，又骂，丝瓜呃，老子过年要吃肉的，你就那么让卢一苇拉走了？

秋天充满了丝瓜女人的骂声。丝瓜女人反复骂着，骂低了丝瓜的头，女人的精神也蔫了。

第二天，没了猪的丝瓜就在门口坐着，一样地在秋天里坐着。卢家庄的秋风还是一阵一阵地从门前过。

卢一苇的女人赶着一头猪过来，丝瓜听到了哼哼叽叽的猪叫声。

丝瓜一看，是卢一苇的女人缓缓地赶了猪过来。

卢一苇女人说话很快。卢一苇女人说，我家卢一苇想装样子，想气气你，当年的事过了就过了，卢一苇这两年眼看着挣了钱，不缺钱花，你村主任少往心里边去。卢一苇女人很快地说着话。

丝瓜想到当初拉卢一苇的猪时，她是二话没说，还进到栏里帮自己套猪。怎么是她牵着猪来？

　　卢一苇的女人又说，喂头猪不易，年底还得靠它吃肉。边说边松了手里的绳子，猪径直朝栏里走去。

　　丝瓜一听，说不出话来，只觉身上有些冷，又一阵秋风从门前过。

破　鞋

土狗在家里相亲的时候，土猴赶着那头不大的白猪上了坡地。他用一只单眼还不时地回头望望屋顶上冒出的青烟。

土猴边赶猪边想，这回土狗的婚事要成了。

土猴就在坡地里放猪。这是春天，坡地里长出了嫩草，白猪像天上掉下的一小朵云，有一口没一口地吃着草。

土猴想过，放大了猪，土狗结婚时就有肉吃。

放饱了猪，土猴看看就要下山的太阳，就跟猪慢慢地回来了。

土猴娘说，你弟的亲相了，还成，锅里煮过的蛋还有两个，拿了吃呃土猴。

土猴拿了蛋就吃。土猴吃得急，一口就一个。

吃完蛋，土猴用舌头舔手时就听娘说，娘有事要跟你说呃。

土猴就停了舔手。

那是山村宁静的夜晚，有一些山风朝屋子里吹。昏暗的油灯下，土猴娘说，土猴，不是娘不给你说亲，就怪你自己是单眼，娘把你放在那些姑娘家面前，娘没有话说。

土猴就回一句，明白呃。

土猴娘说，你兄弟土狗这次快成了，还得你帮忙呃土猴。添了人，就

 少年梦·青春梦·中国梦——中国故事
[伍中正] 云很白

得多栽一丘田，多种一块地，还要喂大那头猪。

土猴就回一句，明白呃。

冷的雨成了热的雨冷的风成了热的风，转眼夏天了。土狗就踩着夏天的步子，去办结婚证。

土狗的结婚证没有办回，一路沮丧地走回来。

天没黑尽，一身臭汗的土狗还坐在树底下想办法。

洗完澡的土猴望望想办法的土狗。就问，啥事憋住了？

土狗说，自己的年岁小，管证的人不让办结婚证。

土猴说，你不找我？

找你也办不上。土狗回过来话。

用我的名字我的年岁呃，保证管用。土猴说。

果真，土狗就用土猴的名字和年岁办回了结婚证。

证办回来，土猴对土狗说，狗狗，往后要弟媳妇给绱双鞋穿。

土狗应声，行！

土猴每次出门，就说，土狗结婚时，有我一双鞋穿呃。

土猴做梦都想穿弟媳妇绱的鞋。

土猴那晚上睡到半夜，嘴里说，鞋呃鞋呃……

天一亮，土猴娘问土猴，昨晚上咋了？

土猴就一句，不明白。

那头春天里土猴放过的猪杀了，土狗就要结婚了。

土猴就趴在桌边吃着肥肥的肉，吃着香香的饭，吃饱了肉吃饱了饭的土猴就等那一双鞋。

土狗就在爆竹声中就在唢呐声中结婚了。

土狗媳妇没给土狗绱一双鞋。

土狗也忘了给土猴一双鞋。

每每看到土狗穿着新鞋出门，土猴心里难受，一只眼里还流了泪。

土猴想对土狗说，你答应的鞋呢？

土猴就对自己说，再等些日子，等土狗穿旧了再给也行。土猴就揩干了泪。

　　快过年了，土狗对土猴说，要到丈母娘家过年，看着屋呃。

　　土猴就说，明白呃。

　　换掉了衣，换掉了鞋，土狗跟媳妇一前一后就出门了。

　　土狗的鞋放到了窗台上，土猴看见了。

　　土猴就快速地褪掉自己的鞋，穿上了。

　　土猴又快速地褪掉了鞋。土猴找来一把砍刀，刀起鞋破。

　　砍破了鞋，土猴娘过来说，土猴你不该呃。

　　土猴说，土狗他不当我是他哥，我就要破他的鞋呃。

　　土狗跟媳妇回来，一路走一路有说有笑。

　　土狗媳妇说，你家土猴好呃，做事不躲懒。

　　土狗说，是好呃，喂的猪都给我们结婚用了。

　　土狗媳妇说，我娘上次做鞋忙不过来，后来有空，替他绱了两双。这回，土猴肯定喜欢咧。到家了，你拿给土猴穿，看合不合脚。

　　土狗拿出一双新鞋朝土猴面前一放。

　　土猴说，留着你自己用，你那鞋我破了。

　　土狗媳妇说，破了就破了。

　　土猴双手接过鞋，呆呆地站着。

草　鞋

草鞋在田里收稻。草鞋女人在前面一把把割那些稻，草鞋把割下的稻往篓子里抱，快满满一担了。

草鞋就看见胡主任跟夏老板一前一后来看那些稻田。草鞋没说一句话。

胡主任用手指着眼前的一片稻田，你看看？

草鞋从胡主任的手势辨别得出来，往后，这些田就不是他的了，脸色就不怎么好看了。

夏老板走的时候，说，你能把那些田租给我，我就在村里投资。

胡主任看一眼走着的夏老板，说，不就那些田？行！

夏老板说，就这些田，我全要了。

夏老板一走，草鞋的一担稻从田里挑上来。胡主任过来说，快点收稻呃草鞋，这些田要用来养珍珠了。

草鞋说，田是种稻的，养啥子珍珠。

胡主任跟草鞋说，到时，你草鞋就晓得养珍珠比种稻强多了。

胡主任找那些农户要那些田。田是村里的，村里几时要就几时要。他说得那些农户低了头，没低头的只有草鞋。

草鞋就出来说话了，田是老百姓的命，没了田，就没了命。

胡主任说，你草鞋翻啥子浪，要了你的田，免你上缴，还不行？

草鞋说，该上缴的我缴，我要那些田，当初我在本子上按了手印的。

胡主任说，你草鞋也不顾村里的工作，就光顾你自己。3年后，田一样让你草鞋来包。

就3年？草鞋疑问。

就3年！胡主任肯定。

草鞋说不过村主任。

草鞋的田让村里要回去了。草鞋有点失望。

很多人的田都让村里要回去了。夏老板的挖土机没几天就筑了几条堤岸，就让那些田成了一眼望不透的塘。

那几天，草鞋看那些挖土机挖他的田，心里难受，嘴里还说，我的田呃。

没几天，那些塘里就养了夏老板的珍珠。

草鞋带着自己的女人走在那些堤岸上，他说，那是你割稻的地方呃。女人点头。

女人说，草鞋，那是你栽油菜的好地方呃。

草鞋点头。

草鞋说，想想3年后，还是自己的田，也就算了。

3年过去了。夏老板还没有退出那些田。

草鞋找了胡主任，说，3年过了，我要那些田。

胡主任看看那一望是水的塘，急啥？

草鞋说，咋就不急？我3年没在田里干事了。再不给我田，我就告你主任了。

胡主任说，田在村里，又不是我占着不给你，你告啥子告？

草鞋说，胡主任，那我种你的田。

胡主任说，我没田，要告，你告。

草鞋就真的告状了。

草鞋来到乡政府。乡长说，胡主任是在引进项目，引进外资，让老百姓致富。

草鞋说，胡主任的项目引进来，老百姓没有富呀，田都没有了，怎么富起来？

草鞋赖在乡政府不走，说，乡长，给了田，我就走。

乡长说，乡里只有办公室，没有田，要田还得找胡主任。

草鞋失望地回来。

胡主任见草鞋，回来了？

草鞋不说话。

草鞋想，说不定你胡主任要找我的。

草鞋看看那些淹在水里的好田。草鞋摇了摇头，糟蹋了那些好田。

草鞋等着那一天。

夏老板跟胡主任闹翻了。夏老板说，我白投资了，3 年来，我也赔了不少的本，那些田我不要了。

胡主任说，你夏老板怎么说走就走了？我们村干部几个的股份不就没了？

那些塘就荒着了。

草鞋等着的那一天来了。

胡主任找了草鞋，说，你还是把田给包下来，就算我求你了。

草鞋说，主任求我也没有用，那些田，你一个人包，你想富你自己包，别人拦你，我草鞋不拦你。

不就 3 年光景，你草鞋咋就不是草鞋了？胡主任想。

倾 听

　　陈村在整个乡里没有特别的地方，就那一山好树，一根根枝繁叶茂向天走，值得一看。林管站的卜站长不管是喝了小酒，还是没喝小酒，都这么说。

　　起初，卜站长说这话时，陈村人没注意。后来，陈村人或站在自家的屋前或密密麻麻地挤到山下一看，满眼郁郁苍苍，一山的树，经风一吹，林涛起伏。就觉得他的话没错。

　　陈村人就活在那一山树里。卜站长也活在那一山树里。

　　那一山树像绿色的波涛每时每刻都像要吞没陈村，吞没每一个进入它内心的人。

　　林乡长第一次进山。

　　林乡长跟卜站长顶着 2004 年夏天火毒的太阳到了陈村，汗粒在他们的身上不停地生长。他们聊着聊着就钻进了厚实的林子。

　　林子里的风凉凉的，凉凉地吹过来。

　　让那凉凉的风一吹，林乡长身上的汗粒没了。他半开玩笑地说，卜站长，栽这山树还是你想的点子。到时候，乡里要伐树，你舍得？

　　那一刻，卜站长的脸上展开了笑容，说，怎么会不舍得？舍得！

　　林子里有块大青石，走不多远，就能看见。大青石平整光洁。卜站长坐了很多次，每次进山，走累了，他就在上面坐会儿，歇口气，听听风吹树的声音。树还没成林时，他坐在上面，还能看见天上的云。

那块大青石，同时并排坐下了两个人，林乡长坐，卜站长也坐。

他们的谈话就从这块青石上毫无顾忌地传开。

林乡长拉着卜站长的手，不时地感叹：卜站长呀，我听到风吹树林的声音了，多好听的声音。

卜站长只是笑笑。

林乡长接着感叹：卜站长，要没你，就没陈村的这一山好树。

卜站长只是笑笑。然后，他抬头看那些树顶，风一阵阵地吹得那些树响。

林乡长出来时，头上的太阳猛烈地打在陈村，打在夏天的那一片林子。

林乡长边走边说，陈村的林子就交给你了。

卜站长望着林乡长，他的脸再一次绽开了2004年夏天灿烂的笑。

卜站长脸上的笑还没有持续到秋天，就让乡里的决定结束了。

全乡的干部会议上，林乡长说，为了还债，不得不动用陈村的树了，乡里也是不得已而为之。

林乡长说完，干部们就开始了讨论。有的说是得砍了；有的说，还债嘛，是得想点办法……

卜站长坐在椅子上一句话也没说。

最后，多数干部的意见是砍。林乡长说，砍吧！

会就散了。会议室剩下林乡长跟卜站长。卜站长一把死死地攥着林乡长的手，就往外拉。

林乡长说，卜站长，你松手，有话就说，我跟你走，还不行？

卜站长说，到陈村去，到青石上说去。

天气已经凉爽了，林子极静。

整个林子都沾上了秋天的气息，那块大青石也不例外。青石上仍旧坐着两个人。林乡长跟卜站长，背对着背。乡长的手搁在胸前，再也不拉卜站长的手。

卜站长闭上眼睛，脑子里是无数把斧子在狂乱地砍着树，是很多的民工在来来回回地背树，走动的声音杂沓。

卜站长睁开眼，脸色铁青地说，林乡长，你听，满山都是砍树的声音，满山都是倒树的声音。

林乡长板着脸说，听不出来，你卜站长胡说些啥？

卜站长手指着一棵树，大声说，大碗口粗的树，过几天，就要倒了。

林乡长说，卜站长，你是不是有病？我可没见一棵树倒。

卜站长说，好，我有病。当初我就看出来了，你第一次进山就在打树的主意。

林乡长说，我当初是在打这一山树的主意，难道有错？

卜站长说，没错。动用这山树前，要不你撤了我。

卜站长不依不饶。

林乡长也不依不饶。

林乡长说，卜站长，你别逼我。

卜站长眼里滚动着泪，他眨巴着眼，不再说话。

两人就那么静静地坐着，背对着背。风一阵一阵地吹来，林子静极。

他们在大青石上坐了两个时辰。

卜站长起身，说，走，乡里要砍就砍。

林乡长说，等等，要走一起走。我在林子里倾听到了一种声音。

卜站长出神地望着林乡长。

他们走出了林子，他们一路回望着陈村的那一山树。

林乡长写了辞职报告。林乡长要走那天，卜站长送他。

林乡长紧紧地握着卜站长的手说，风吹树林的声音多好。

卜站长想到陈村留下来的那一山树，含泪地点点头。

陈村的树安然地生长。陈村人根本不知道那一山的树差一点让2004年秋天的斧子砍掉。卜站长从没对陈村人讲起这件事。

在一般人看来，陈村的树得以保存下来，得力于卜站长。其实，在卜站长的心里，更得力于林乡长，他是拿了自己的职务来保这一山树的。

陈村人在山口挂了一个牌子，牌子上写着"卜取树"。

卜站长看见了，就在自己的名字前加了一个名字，"林爱山"。

陈村的山有两个人守着，一个是林乡长，一个是卜站长。

王庄地事

    王庄有一大块好地。那地像搁着的一张厚实的毯子。春天，就有人在踩着毯子下种；夏天，就有一些庄稼开着颜色好看的花朵。

    见了那地的人都说，地是好地！

    二杖在地里种着豆子。媒人在地边说，你王二杖还种啥豆子？人家姑娘梅桃总不能在地里跟你相亲。

    二杖说，地里相亲咋了？这地好，人站在地里，才看得清。

    媒人挪挪眼珠说，那你就跟梅桃快点相吧。

    梅桃走过来，看清了二杖。梅桃拉拉媒婆的手说，他地好，人也好。

    媒婆说，说了这么多年媒，在地里说成了你们，话说在前面，你王二杖可不能少了我的皮鞋。

    二杖说，就不少你的皮鞋。

    二杖跟女人梅桃在地里种豆。梅桃腆着肚子，下一次豆种，就看一眼埋头上粪的二杖。

    梅桃看了几眼二杖后，笑着说，二杖，那一天，我是先看上你这块地，后看上你这人的，你晓得不？

    二杖停了上粪，打趣地说，晓得你走得出我的心，就走不出这块地。

    梅桃不笑了，说，哪一天，这地要不让咱种了，你会咋样？

少年梦·青春梦·中国梦——中国故事
［伍中正］ 云很白

二杖上了一把粪，擦一把脸上的汗，说，谁不让种，我跟谁急。二杖不笑了。

梅桃说，到时候，跟谁急都没有用。

二杖握在手里的粪，迟迟不肯下落。

地说征就征了。

二杖的地是在梅桃坐月子的时候征的。

二杖弄不明白，那么好的地说征就征了。

二杖去了村里。找到村主任，二杖说，那地怎么就让征了呢？

村主任说，我也不让征，可乡里来人说，要征，再说，你那地也没有白征，每年还补钱的呢，你的钱村里一起领来了。要钱，你就来取。

二杖说，我要地，不要钱。

村主任说，你二杖不就是种着地来钱吗，往后不种地一样拿钱！

二杖说，村主任，那是两回事。

回到家，梅桃问，那些地，还能不能要回来？

二杖说，难。

王庄的地边，有车在运砖运沙运水泥，那些车跑得风风火火的。看样子，地就要圈起来了。

二杖走到地边，拾起一块砖狠狠地砸在砖堆上，一下，那块砖碎成三块。二杖就去了乡里。

找到了一脸红润的乡长，二杖说，乡长，王庄的地为啥让征了？

乡长说，你是二杖吧，地是上面要征的，征了就征了，往后，你二杖不用种地就来钱了。

二杖说，我是种地的，没地，我怎么种？

乡长说，回去吧，人家没地，不一样种？

二杖说，你乡长要不让征，说不定征不了。

乡长说，我还有事呢，要不你就找找县长。

二杖低了头就回来了。

第二天，梅桃对打不起精神的二杖说，二杖，那块地是你我都喜欢的地，要回来，是不可能了。你就把那地钱拿回来，快去快回。

二杖就去了村里，很快拿到了一叠钱。

二杖就去了县里，见到了年轻的县长。二杖说，我是二杖，王庄的，我不想让那块地征出去。

县长和蔼地说，地是上面要征的，我们只能服从。征地的钱，没有拿到，我可以让你拿到。

二杖说，钱，我是拿到了。我不想要钱，只想要地。

县长说，你要了地，还得种庄稼，种庄稼的目的，还是来钱，现在，明摆着，钱就来了。

二杖觉得县长的话跟乡长说得差不多，有道理。

二杖就回了。

没几天，二杖跟很多人的地被圈了起来。二杖只能站在高处看见地了。

两年过去，圈起来的地，没了动静。

坐在王庄的高处，二杖跟梅桃说，梅桃，你看看，圈起来的地，就那么荒了，多可惜。

梅桃问，当初圈的地，咋就不要了？要不咱在里面再种庄稼？

二杖割下那些杂草，翻耕过来，只等雨来，再下种。

二杖在地里翻耕时，让上面来的人看见了。

没几天，村主任找到二杖，吼开了：你二杖中了哪门子邪，种哪里的地不好，偏偏要种这块地？

二杖说，咋了？这地闲着也是闲着。

村主任说，这下可好了，上面不征了，不给地款了。

二杖说，凭啥就不给地款了？村主任气愤地说，我还没问你呢。

二杖找到乡长，说，王庄好好的地，咋就不征了？

乡长说，我也不清楚，上面的人说，有人在征了的地里种着庄稼，往后不好防范。

二杖说，那也得给地款，不能白圈了王庄的地。

乡长说，乡里也在积极想办法处理这件事。

二杖又去了县里，进了县长办公室。对县长说，县长，王庄的地说不征就不征了，地款也得给，老百姓盼着的就是不种地也有钱。

县长说，县里对这事会研究的，你二杖先回去吧。

二杖就回来了。

梅桃问，县里有没有说还征这块地？二杖摇摇头。

梅桃说，二杖，管它征不征，下了秋雨，就在地里下种，人误地一季，地误人一年。

王庄的人拆了围墙，搬走了那些砖，又在翻耕那块地。

地又成了好地，像一张搁着的质朴的毯子。

感谢王菜南

　　要知道，肖伍铺是澧州到鼎州这段九十里驿道上有过的繁华铺子，是很多敬业的铺司和后来的投递员歇脚的铺子，更是那些从澧州盐矿挑盐到鼎州的挑夫落脚的地方。多少年来，稍微对铺子有过感情的人，就不会忘记它。

　　我也不例外。

　　我应该好好感谢一次王菜南了。要没有他，就没有现在的铺子。更没有铺里老人的快乐。

　　王菜南不是别人，是肖伍铺的广播员。铺里没有换过广播员，自从王菜南成为铺里的第一个广播员后。每天的早上，中午，晚上，他都会让近乎繁华的铺子变得很有生气。

　　铺子渐渐冷落。铺里很多人爱着别人的城市，就沿不同的方向去了不同的城市。王菜南没有走，我想走。娘几次看我也有想出去的举动后，对我说，娃，娘不求你别的，只求一年能回来两次，看看我，也看看王菜南。

　　我应允。

　　我决定离开铺子到常德去。常德离我太近了。常德一直是离肖伍铺最近的城市。走之前，我看了一次王菜南。

　　娘让我带了一篮子红枣过去，说，王菜南就在铺里广播室，让他尝尝。

娘一点也没有判断错，王菜南就在广播室，顶多在铺子里转悠，绝对跑不到哪里去。

那是我见过的最小的一间广播室，放了一张很旧的床，床上的被子叠得还成样子。一台立式扩音机有些旧地站着，那些没有完全拉直的线有点像连起来的蚯蚓，在没有刷白的墙上一句话也不说地行走。一个叫做麦克风的东西，包了一段褪色的红绸，很有点精神和情调。王菜南手摸开关准备打开扩音机时，我喊了他一声，他一惊。没想到我会来，会提着一篮熟透的枣子来。他在最小的广播室里一惊。

要到常德去，顺便给你送一篮子红枣。我说。

王菜南看见我比看见我送他的红枣还高兴。说，好哇好哇。

我跟王菜南没有多说话。我把那篮红枣放在他的床上，就走了。王菜南送我到门口，就不送了，看着我走远。

我从王菜南的广播室出来不久，就听见铺里的广播很精神地响了。王菜南放的是一张唱片，唱片里有一首我半年前喜欢的歌，那就是"我不想说"。

从常德回来一次，我就看一回王菜南。我还把从常德其实是从广东带来的不怎么新鲜的香蕉，摘下三个两个来给他。每次他都高兴地接了。他高兴我也高兴。看完王菜南，我就看我娘。

我娘说，有你这份心，王菜南也值了。

我在铺里休息的那天，看见王菜南一个人搬着一张木制的梯子，梯子很长，很长地横在他的肩上。他手里提了七八圈铁丝，正往外急急地走。我拦住他。他说，张家冲的广播线锈断了一截，那里的老人听不到铺里的广播。等我安好了线，回头就喝两盅。

王菜南说完就走了。我看见他手里拿着的铁丝，一圈一圈地晃荡着，闪出刺眼的光。

我知道，铺里的年轻人走得差不多了，要么在外面读书，要么在外面打工，要么在外面当老板。铺里安静多了，王菜南有我记得他，他应该高兴。铺里有王菜南记得我，我也很高兴。

我在常德有过一次意外，是自己的身份证让小偷拿走了，随之拿走的还有 20 元现金。我在那个低矮的出租屋里，等了三天，希望小偷把身份证还我，我再给他 20 元都行。可是小偷再没有送来。

我只得回了一次铺里。

这一次，我没有买回那从广东运过来的香蕉，也没有见王菜南，直接见了娘。我跟娘说，我的身份证丢了，回来拿户口册，等着要用，还要往城里赶。

娘掩饰着什么，我也没有多问。娘看我急急的样子，也没有多说。我还告诉他这次不去见王菜南了。

娘点点头，我看见娘的眼里有了泪。

等到年底，我消停了，从常德回来。去了铺里，我没有见到王菜南。

广播室的门紧紧地锁着。王菜南早早地回家过年了？我在广播室前站了一会儿，就冒出这么个想法。

我带着疑问回了家。

娘告诉我，娃，王菜南在你上次回来之前，就走了的。他走的时候，还对村主任说，我走了，就得再安排一个广播员，铺里不能没有广播。

娘还说，铺里的年轻人走完了，只剩一些老人，不是王菜南放着广播逗着铺里的老人乐，铺子就不像铺子了。

娘再说，村主任那天在村里找不到撑热闹场面的人，就把城里的歌舞团接来，为他送行。歌舞演到一半，铺子里好多人反对，越这样，越对不起走了的王菜南。他王菜南走的时候交代了的，只放着广播为他送行就行。村主任满数给歌舞团的演出费，歌舞团的歌舞就停了。村主任就在广播室里放了王菜南喜欢放的唱片。

我一惊，王菜南在铺子里就了不得了。没有王菜南，就没有铺里老人的欢乐。

我一直听着娘的叙述。内心里，却有一个想法蜗牛一样地推着我，肖伍铺很多的人是不是应该感谢王菜南？

一棵树

天一亮，小娥昨晚上请的四个扎实劳力都到了小娥家，齐声说，小娥，是啥事要我们来？

小娥也早早地站在了倒下的桂花树旁，小娥擦干了眼里的泪水。说，怪不得我呃，树是他长久要我挖倒的，城里老板不要了，他答应自己要，只好请你们抬过去。

有人说，是要抬过去，他长久不能亏了你小娥。

有人说，要抬就趁早，莫让他长久打着幌子往外跑了。

小娥说，你们帮我抬了树，日后，我给你们装烟请你们喝酒。

四个劳力说，不抽烟也不喝酒，不就抬了一棵树？

小娥走前头，四个劳力走后面。

四个劳力就抬着树一步步往长久家来。

长久的门从来没有像这回一样紧紧关着，除了门闩横得满外，长久女人的身体还死死地抵着。长久女人说，不管外面发生什么事，你长久都不能出去。不错，树是你长久要她小娥请人挖的，人家老板嫌她的树小，不要了，她厚着脸还要往我家里抬，天底下哪有这么个理？

长久从床上爬起来后就跟女人商量，树是我要她挖的，人家树挖倒了，我不可能一点责任都没有。

你跟她负责，谁又对你负责？人家老板不给钱走人了，你要拿钱给人家垫上，懂理的会说，这回还是靠了你长久，不懂理的还不是有乱说你长久怪话的？

四个劳力抬着树到了长久家门口，树一放稳，小娥就让那四个劳力走了。

小娥坐在桂花树上，小娥想，树是你长久昨天答应要，我才抬过来的，你长久还说做得了你自己婆娘的主，我不抬树来，你长久还说我小娥说话不算数了。

小娥坐在桂花树上等长久出来。

长久女人说，长久你听，她请人把树都抬来了。

长久说，我晓得树抬来了。

女人陡然放大了声音，你长久没要她挖树，是她自己要挖的，还能怪你？

长久说，你声音小点行不行？整个旮旯村哪个像你？

其实，小娥坐在桂花树上，已经听到了长久跟女人的对话。长久又说，人家小娥孤儿寡母，上上下下没个人帮她，我帮她卖棵树，就只做了一下主，这主做了，就让我做了。人家老板不要，我长久要，不就一棵树？

你要还不是我要！你要你往后跟树睡去！长久女人说。

小娥听了一惊。

小娥再也坐不住了，小娥起身走到长久家的门前，用手敲了几下，村主任，小娥不怪你，树我叫人抬回去，晒干了当柴烧，小娥走了，村主任往后别替小娥想，应多替嫂子想。

长久女人听着小娥说话。

长久听着小娥说话。

长久女人转身用力抽开门栓，打开门，嘴里喊了一声，小娥，长久的女人不能因一棵树毁了村主任的名声！桂花树我家长久要定了。

小娥停下步，回头看了看站在桂花树前的长久女人。

我不往下跳

　　穿着一套红色衣服的孙小力爬上塔吊时，天刚亮。以往这个时候，她就一担小菜挑出门，在街上一阵接一阵吆喝。担中开着花或没开着花的菜就让人一把一把地买走。一条街没走完，她的菜篮就现底了。

　　孙小力很自如地在塔吊上往上爬。她觉得自己有力气，每抓住一块坚硬的角铁，嘴里就反复念叨：抓牢点，我不往下跳！我不往下跳，抓牢点！

　　以前，孙小力在村里一次妇女提水比赛时，拿了个第二名。她本来要拿第一名的，却把第一名让给了村主任的老婆。比赛前，村主任私下里跟孙小力的男人说，光木，你要孙小力给我老婆一个人情，让一让，让我那婆娘拿个第一，我给你一壶酒。

　　光木同意了。光木回头跟孙小力商量：你就让村主任的老婆拿第一吧，说不定往后，有啥事还要求村主任的。孙小力不依，嘴着一张嘴，不跟人说话。第二天比赛时，孙小力作出了让步，到手的第一名让村主任的老婆给拿了。

　　村主任果真给光木送来一壶酒。收下那壶酒时，光木的脸上满是笑容。孙小力看见光木脸上的笑，就抹着眼泪说，原来，你就为了一壶酒，让我拿第二？几句话说低了光木的头。村主任送的那壶酒，他一直没敢喝。

孙小力像一团红色的火焰在燃烧。第一个看见孙小力像一团红色的火焰在塔吊上燃烧的是工地上的老蹇。老蹇从工棚出来打水洗脸，看见她走到塔吊边，就大声喊：干什么呢，你咋了你？老蹇觉得光喊没用了，甩了脸盆跟毛巾就赶紧走过来。孙小力也不示弱，站在塔吊上发话：你要走过来，我就爬得更快！老蹇就看着孙小力爬到了相当于四楼的位置，像一团仍要上蹿的火。

老蹇很快拨通了包头的电话。这时，天已经大亮了。金色的太阳射在那座塔吊上，用黄色油漆刷过的塔吊更加明亮。那团火已变成一种耀眼的红，塔下的人再也看不清孙小力的脸。

第二个看见孙小力爬上塔吊的是光木。光木说：孙小力，你的菜还没卖，别往上爬了，下来好好说，不就行了吗？孙小力朝光木看了一眼，她第一次觉得光木站在塔吊下是那么的小，小得像青菜上歇着的虫子。光木的声音没有穿透工地，也没有传到孙小力的耳朵。

塔吊下很快来了人。很多人从不同的方向来了。有劝孙小力赶快下来的，有劝孙小力用手抓牢角铁的。孙小力觉得塔吊下的人是那么小，都如一只只蚂蚁。那个老蹇用手机叫来的包头，也如一只蚂蚁。

孙小力不知下面的人在说什么，她一句也听不清楚。下面有人拿着话筒开始喊话。孙小力听见了："孙小力，我们老板答应给你赔偿损失，只要你下来！"孙小力又听见了："孙小力，你提个条件，怎么都行，千万别往下跳！"

孙小力觉得包头是在骗她。前半个月，塔吊上摔下的一块模板肆意地砸烂了她的屋面，留下一个很大的窟窿。包头答应给她赔偿，并且把那个窟窿给补上。

一晃半个月过去了，就是不见包头的人影。孙小力找到工地上，工地上很多人说，包头不在，找他们没用，要不就找老板。听到这样的话，孙小力每次都怏怏地回来。

孙小力自己决定谁都不找了，就找塔吊。那天她在那座塔吊下站了好一会儿，塔吊雄伟的身躯吸引了她的目光。第一次看见这么高这么坚硬的塔吊，她的眼确实看花了，可是她也看动心了。她在心底里说：孙小力我就不找你包头，也不找你老板。我就愿意爬到这塔吊上看看风景，让包头让老板来找我。

孙小力还在往上爬。

塔吊下，人声嘈杂。喊话的人把话筒给了光木。老蹇站在光木的身边，手扶着光木，一个劲地说：光木，你快点喊，喊迟了，你女人就没命了。还有一些人也这么说：光木，你喊喊，那可是你老婆呀！

接过话筒，光木就一句一句地大声喊：疯婆子。老板答应了你的条件。以后。你我就在他的公司里做事。快下来。跟我们一起做事的还有老蹇！

光木的声音喊哑了。

光木的眼里喊出了泪。

孙小力没有看见光木眼里的泪。光木"啪"一下甩了话筒，话筒让他摔得啪的一声响。光木身子一歪，差点倒下去，老蹇一手拉住了他。

光木很快回到家里。

光木很快从家里出来，他挑上了孙小力还没有开始叫卖的一担青菜。

光木把菜担放在了塔吊下，昂着头，手里拿一把青菜，来回地摆动。

孙小力终于看见光木在晃动青菜。她大声喊着：我的菜！好好拿着。光木，那是我的菜！

孙小力像一团没有熄灭的火，沿着塔吊缓缓下来了。很多人走开了。包头没有走开，像一枚钉牢的钉子。包头说，别闹了，孙小力，安排的几个人在给你盖屋。

孙小力轻蔑地看了一眼包头，然后，就走向光木，走向菜担。

孙小力接过光木挑来的菜担，一路吆喝地走了。塔吊就在她的身后，就在她的心里。就在那一天早晨，在城市的街上，用一团火来形容孙小力的穿着，不会过分。可是很多人不知道，孙小力用心地爬过一次塔吊，并且没有往下跳。

五十棵板栗树

空气和阳光做成的早晨，宋小梅得到了五十棵板栗树苗。

天一放亮，宋小梅的屋顶上就歪歪扭扭地冒出几缕炊烟来。那炊烟很淡，很淡地散到空气中。低矮的屋前就来了一个人，人是男人，影子落在地上。男人的背后背着一小捆板栗树苗。

宋小梅在空气和阳光里打量男人，男人放下树苗，长长短短有点生硬的树苗让他在地上轻轻地放得一声响，响声轻轻的。

宋小梅不等男人说话就开口了，你到别的人家去，我宋小梅不要这树苗。宋小梅的头轻轻地摇了几下。

宋小梅的摇头，并没有赶走男人。男人很认真地看着宋小梅，然后，声音很小地说，宋小梅，你先把树苗栽下，明年再来收你的树苗钱。

宋小梅仰了一下头。就在她的一抬头里，她想到了屋后的一块地。

地是空地，向阳。宋小梅很想在那块地里栽下一些果树。以往的春天，尽管宋小梅栽下过一些娇贵的橘树，那些橘树艰难地长到夏天，就在要经历秋天的时候，慢慢地蔫了枯了。宋小梅想到了要栽另外一些树。

宋小梅说，留下树苗。

男人说，地上一共是 50 棵板栗树，栽不活不要钱，你仔细数数。

男人说完就走了。宋小梅把树苗抱进屋，揭开锅，拿了两个熟透的红薯，赶紧出来。

宋小梅追男人一程。她追到村口，看见了男人的影子，就喊：卖树苗的，停一停。

男人就在宋小梅的喊声里停住了脚步。宋小梅喘着粗气说，你怎么记住我？

男人说，记得。

宋小梅说，那你要来拿钱的呃。

男人说，会来的。

宋小梅再不喘着粗气，很平静地从衣兜里拿出还有点热气的红薯递给男人，说，路上吃。

男人一把接过宋小梅的红薯咬了一口，再没跟她说一句话，就走了。

宋小梅没有把得到板栗树苗的事告诉庄里的任何一个人。

打好坑，宋小梅把那些板栗树苗栽到了地里。春天里，那些板栗树长出了绿亮绿亮的叶子，很好看。

宋小梅一直在等那个卖树苗的男人。宋小梅有时站在屋前等他来，有时站在板栗树下等他来。

等过了一年，男人没有来。

宋小梅坚信，男人一定会来。

那块地里的板栗树越长越高，开花了，又结球了。板栗熟了，宋小梅拿一根竹篙乒乒乓乓地打下板栗球来，从球里掏出一粒粒板栗。她再把那些板栗挑到铺子里卖掉。

宋小梅喜欢着她的50棵板栗树。有时候，她就走到板栗树下，看那些板栗树开花，看那些板栗树挂球，看那些板栗树张开嘴吐出一粒粒板栗来。有时候，宋小梅还想到那个男人，他怎么还不来？

五十棵板栗树给了宋小梅不菲的收入。每年卖完板栗，她都要把那些钱存起来。她想：那些钱也应该让那男人得一部分，男人至今还没有拿到树苗钱呃。

不出几年，宋小梅成了庄里有名的果树家。她的房前屋后，分到的地里，还有租来的山坡，都是果树。只是，宋小梅一直让那些板栗树长着。

宋小梅开始打听那个男人的消息。她从周边的村开始一个一个地询问。告诉她的人，都说，没有这个人。有人还反过来问她，哪里还有不要钱，放下树苗就走的人？

宋小梅又在周边的乡一个一个地打听。告诉她的人，也说，没有见到这个人。谁会那么傻，连钱都不要就走人？

宋小梅等着那个男人出现。

又一年春天，宋小梅的门前，来了一个十分俊俏的女孩。女孩十六七岁。

宋小梅见到了女孩就问，你找谁？

女孩说，我找宋小梅阿姨。

宋小梅说，你找我？

女孩说，我就找您，宋小梅阿姨，您别找我爸爸了，他不肯见您。

宋小梅问，为啥？

女孩摇了摇头，不肯说。

宋小梅说，别怕，胆子大点，说吧！

女孩说，宋阿姨，那一年，我爸爸从农场刑满释放回来，没有人接他。当时，他身上没有路费，就只有走回来，他走到一个果木基地，就想到了偷，偷了几百棵板栗树苗，卖了作路费。他一路卖回来，还剩50棵树苗时，就卖到了宋阿姨家。见宋阿姨没钱，他也没急着要。后来，那个果木基地的人发现线索，找到了我爸爸，要我爸爸说出买了板栗树的人，追回板栗树，我爸爸把那些给了钱的人都说了，唯独没有说出宋阿姨。

女孩又说，后来，我爸爸为这事，又进去了一年。再出来，他就忘了这件事。后来，宋阿姨到处找他，要给他钱。他说，他不能见您。现在，由我来告诉您，他更不能要这笔树苗钱。

宋小梅一听，吃了一惊。

女孩要走，宋小梅带她看了看那50棵板栗树。屋后的板栗树一棵棵翠绿着叶子，一棵棵在阳光下沉默。

送走女孩，宋小梅望着那一棵棵的板栗树发呆。

那一年，所有的板栗熟了，宋小梅没拿竹篙敲打板栗球，也没要一粒板栗，板栗在地上随那些空球一一烂掉。

后来，每年板栗熟了，宋小梅还是没要一粒。后来，整个宋庄的人再没见宋小梅卖一粒板栗。

1987 年的秋天

1987 年的秋天，让我幸福，又让我痛苦。

那年夏天，我如愿考上大学。

我成了村里的第一个大学生，这个事实让躁动的村庄经历了很多的惊讶和喜悦。村庄里经久不息的话题就是：意波这下考上大学了；意波往后不用下地下田了；意波往后能娶上标致媳妇了，谁家的闺女还小看他?!

那个炎热的夏天还没有结束。我的录取通知书是村里的贺九送来的。瘦瘦的贺九一脚跨进家门的时候，我和娘围着餐桌在吃早饭。早饭极为简单：我煮的稀饭，娘细心腌制的酸豆角。看见贺九脸上不易淡去的笑，我就知道，贺九肯定有事要跟娘说。

贺九说，你家意波怕是考上了？贺九说完就扬了扬手里的牛皮纸信封，那个牛皮纸信封像一道好菜一样地吸引了我的目光。

我放了碗筷，碗筷放得叮当响。接过贺九手中的信封，迅速掏出了里面红色的录取通知书。

我快速地看了一遍通知书，就对娘说，娘，我考上大学了。

贺九高兴得双手拍了起来，嘴里说，那就好那就好。

贺九高兴着要走，我送他，他不依。娘送他，他更不依。

贺九一走，我又喝了一碗稀饭，嚼了一大口酸豆角，我嘴里的酸豆角有滋有味的。那个炎热的夏天就在我的有滋有味的酸豆角中开始了。

我和娘站在梨树下，那是我家最好的也是可以用来骄傲的梨树，树上毫无顾忌地挂着皮色没有黄透的梨。

上大学的费用肯定比上高中要多。娘站在梨树下说，到哪里去弄学费？

我抬头看了看树上的梨，还没有回答娘的话，怀村就走来了。

我考上大学的消息肯定是贺九散布的，连村主任怀村也知道了。

怀村就对我说，意波，你是村里第一个考上大学的，村里放场电影。

怀村讲的话作了数。第二天晚上，一天的星，村里放了一场电影。怀村要我和娘坐在放映机前面一点。我听他的，就坐下了，娘也坐下了。我看见很多人都朝我看，坐在我前面的几个女孩子还不时地回头看我。

场子上很安静，怀村在电影放映前，说了几句话，大致的意思是，村里要出几个像意波这样的伢，会再放几场电影。

电影就开始了。我和娘并排坐在一起，娘不怎么朝银幕上看。我的手抓着娘的手，说，娘，学费的事少想点。

娘才抬头，盯着那块扯得不正的银幕。

1987年的秋天跟以往的秋天不同，树上的梨子像往常一样地熟了，我爬到了树上，摘那些梨子，摘一个往袋里放一个，娘站在树下叮嘱我小心一点。

我在树腰上，透过密匝的梨树叶跟那些梨，看见怀村来了。

怀村对我吼，意波，别爬那么高，快下来，我有事跟你说。

我从树上下来，赶忙从袋里掏出两个梨来，说，村主任，吃。

怀村没有接梨，顺手推过来，示意不吃了。

怀村用力把我拉到一边，只见他从袋里拿出一个包来，说，你这3年的学费，拿着，千万别对其他人说，包括你娘。

我接了那个包，放进袋里，顺手拿出两个梨来，他拿在手里当没事一样地走了。

怀村走不多远，又走回来，拍了拍我的肩，轻声对我说，以后，人家问起学费，就说是大学里免了。

我让怀村给弄糊涂了。

晚上，我对娘说，怀村借给了我上大学的钱，梨还卖不卖？

娘说，不卖了，挨家挨户送出去。

1987年的秋天，我回望那株梨树，回望娘，回望怀村跟贺九，顺利地走出了村。

大学毕业，我分配在检察院工作。我把一年的工资全攒起来，年底，我回了一趟村。

我把那些钱包成一匝，让娘给怀村送去。

娘口里哈着热气就去了怀村家。

娘很快就回来了。

娘脸上尽是忧郁地说，意波，怀村他说没借给你钱，说啥也不要。

我急了。

我赶到怀村家，怀村躺在床上，嘴里喘着粗气。怀村看见我，很艰难地笑了一下，说，意波，村里人看到你出息了。

我笑笑。

我说，怀村主任，1987年的秋天，你一下子借给了我3年的学费，你就忘了？那天，我在树上摘梨呃。

怀村说，这事我记着，永远记着。

怀村示意我靠近他，我在他的床沿上坐定。他接着说，意波，那时候，我怕你跟你娘为学费犯愁，只好在村里的账上做了一下手脚，我要不那样做，外村人会见笑，这么大一个村，让一个伢上不起大学，丢人呐。

我听了，心里很不好受。

我走的时候，怀村执意拉着我的手说，1987年的秋天，村里那才叫风光呐。放心，钱，我会交到村委会的。

我听了，心里踏实了。

从怀村家出来，我快速地打量了村庄，很快找到了回家的路。

[伍中正] 云很白

寻找康静

康静是我在城里遇见的。我从那家建筑工地结完工钱出来，天上就下起了雪。

我嘴里呵着气，一个劲地往家里赶，雪也一个劲地往我身上飘。

出来的时候，我就想，年底，带一个女孩回家。带谁呢？我一点底也没有。就要回家了，我带不回一个女孩，我娘会伤心的。

奇迹出现了，脸上白净的康静从那家发屋出来。

我一眼就认出了康静，康静在工地找过工友馒头。她找馒头的那一次，娇声柔气地问过我。我说馒头在八楼，快下来了。我用手指了指八楼。她也用手指了指八楼，朝八楼望。我一下子看见她的手也很白。

我记住了康静。

我对康静说，康静，你不就是在城里挣钱吗？我给你钱就是，你跟我回一趟家。

康静回过头来，你神经病，我才不跟你回家。

康静从我身后雪一样地飘走了。

我低头在街上走着。天上的雪往我身上飘。说不定，我在车站还能找一个女孩的。

我跟你回家！康静追上我，在我的右肩上重重地拍了一下，然后说。

我傻笑了一下，你是谁？

康静说，我是你要带回去的康静呀。我停下步来，康静用差不多跟雪一样白的手拍了拍我身上的雪。康静拍得很认真，我真想抱她一次。

我就拉着脸很白手也很白的康静回了家。

我娘一见，就把我拉在一边，说，这闺女中看呃。边说边朝康静看。

我听着娘的话，看见康静让我娘看得低了头，低着头怪不好意思地笑着。

没几天，天就晴了。我跟康静在家里过了一个愉快的春节。那几天，天一直晴着，我把康静带到村里玩，康静也玩得很高兴。我还把她带到秋苕面前，秋苕是村主任的儿子，我故意拉着康静白白的手说，这就是康静。秋苕盯着康静不放，我拉着康静白白的手就走。

那几天，我跟康静在村里蹦蹦跳跳的。蹦过跳过之后，我想，康静，你要快点走，到时候，我付不起给你的钱。

我娘那天拉着我的手说，既然是你的康静，得留她多住些日子。你就跟她睡在一起，隔壁土豆的娘说，土豆带来的闺女，天天跟土豆吃睡在一起。我跟娘说，土豆是土豆。我是我。

娘回我一句，你跟土豆差不多，一个模子出来的！

我把这事跟康静一说，康静朗声地笑了。

康静要我把身份证给她看，我就给她看了。她看了一遍，就把身份证还给了我。

康静要走那天，我拿出一个红包放在康静手里。

康静接了红包，看都没看一眼，就放进了衣袋里。我想，康静，你咋不看一眼？我在里面给你多放了几天的钱呃。

送走康静，我一个人走回来，娘问我，那个闺女是哪里人？

我说，我不知道。我是在街上遇见她的。

娘说，真不知道？我在她的衣袋里给了她一只银手镯。那是你奶奶留下的手镯呃。

我知道，这次带康静回来，肯定伤了娘的心。在娘面前，我低下了头，说，我不知道，事情会这么糟？

没过多久，村里送信的麻五喊我，说我有汇单，我跑到邮电代办所，麻五给我拿出一张单子，上面有 1500 块钱，是康静汇来的。麻五把单子给了我，又拿出张包裹单，说，还有包裹。打开那个包裹，我一看就知道，是我娘的银手镯。

我嘴里连喊三声，康静康静康静。喊得麻五呆呆地看我。

回来，我就把那只手镯小心翼翼拿出来，娘一见她的银手镯，对我说，是个好闺女，赶快找她。

我背包一打，就出了村。那个春天，我走上了寻找康静的路。

梅镇的夏天

　　天气越来越热。从梅镇那棵粗大榆树上越来越绿的叶子上就可以断定，夏天要来了。

　　夏天一来，镇上就来了一个跛腿青年人。他看了看高高的梅镇再看了看高高的榆树，就不再往前走，一屁股坐在了粗大的榆树下。

　　老榆树不认识他，梅镇人也不认识他。青年人第一次出现在梅镇，就是一副可怜兮兮的样子。脸上脏，衣服脏，腿上更脏。露出的右小腿像烧煳的米饭，样子很难看。跟着他一起来的还有一个提包，提包是牛皮做的，不新不旧，只要拉链"哗啦"一拉开，提包的口就张得大大的。

　　梅镇人不知道他从哪里来的。老榆树开始同情他，给他遮阴又给他遮雨。

　　梅镇人开始同情他。有人给了他衣服，还对他说，你那件衣服太旧了太脏了，换换吧。青年人顺手就接了衣服，说了几声谢谢！他把衣服放在身边，眼睛盯着小腿，小腿在一点点溃烂。他觉得离自己数钱的日子不远了。

　　有人给了他凉粥，对他说，一天到晚在太阳底下坐，口里肯定干得厉害，喝了吧。青年人顺手接了凉粥，一口灌下。灌完，连说谢谢！眼睛盯着小腿，很艰难地移动了一下，给他凉粥的人看了很伤心。青年人觉得数钱的日子就在眼前。

有人给他菜饭，还对他说，一天没吃饭了，肯定饿坏了，赶快吃了吧。青年人顺手接了饭碗，筷子在一个劲地往嘴里扒饭扒菜。吃完，他的眼睛再盯着他的腿，再不做声。他觉得再过一天，就到了数钱的日子。

梅镇很多人都在同情他。梅镇的夏天，就有了一个话题，很多人说来镇里的那个青年特可怜，太可怜了。青年人也听到了他们的议论，他低下头，暗暗地流过泪。

从梅镇那棵粗大的榆树上传来的长长短短的蝉声就知道夏天渐渐过去，青年人没有要离开的意思，听着那蝉声，就小睡一会儿。

有人再给他衣服，他摇了摇头，说，给我点钱吧，我还等着钱上医院治腿呢。给衣服的人就在自己的口袋里掏出了钱。

有人再给他凉粥，他摇了摇头，说给我点钱吧，我还等着上医院，再不上医院，我这腿就废了。给他凉粥的人回到家里，拿来钱给了他，说，赶紧上医院吧。

有人给他饭菜，他摇了摇头，说，给我点钱吧，我还等着钱上医院，再不上医院，我这腿真的就要废了。给饭菜的人从口袋里掏出了钱。

青年人没有离开梅镇。他每天从梅镇人同情的目光里获得了上医院的钱。夜幕降临，他就开始数钱，数那些轻易换来的钱。数完，他自如地拉开提包的拉链，把钱放了进去。然后，他很狡猾地一笑。一抬头，他从那些繁密的枝叶间，能看见梅镇天空里的星星。

梅镇人眼里的夏天很快就要过去。很多人都在担心那青年。一个夏天，他应该有了不少的钱，应该拿着很多钱离开梅镇到医院去。

又有人站在了他的面前，看着他，说，上医院的钱差不多了吧？

青年人摇摇头，说，昨夜里让一伙人抢了去，真的回不去了。

很多人听说了他的遭遇，又在他的面前丢下一张张的钱，就走了。

很多人又来了，在他面前丢下一张张钱。

青年人看看梅镇的天，一张一张地叠起了那些钱，快速地放进了包里。

蝉不在那棵榆树上叫了。青年人用手擦了擦他跟米饭一样焦煳的小腿，艰难地站起身。起身那刻，那块焦煳的东西，很快地脱落。

梅镇有人看在眼里，然后看见青年人很快地跑出了梅镇，跑出了夏天。

很多人不知道，青年人就是我的亲兄弟。我的亲兄弟跑了多久跑了多远？

我知道梅镇隔我的村庄100多里，他是哭着跑回来的。他的女人得了癌症，死在了医院的病床上，欠下一屁股债。医院的院长说，要是还不了，就不用还了。我兄弟死活不依。

我的亲兄弟从那以后满镇子乱跑，在自己的腿上，用一种很浓很黏的猪血贴着，样子怪难看的，博得了很多人的同情。

我的亲兄弟从梅镇回来就把那些钱还到了医院。医院院长说，我的亲兄弟很讲信用，差了医院的住院费还记得还。医院院长还留他在医院里吃了一顿饭，饭吃到一半，他把一些没有动筷的菜，用一个白色的饭盒，装了满满一盒，来到了他女人的坟前。

从女人的坟前回来，我的亲兄弟对我说，哥，我再不用那块伤疤骗人了，等我以后有了出息，我就到梅镇去，找到那些给我衣服给我凉粥给我饭菜给我钱的人，好好报答他们。

我一把抱着我的亲兄弟，只听他在我的背后一字一顿地说，哥，我以后，再不骗梅镇的人了。

一路往回走

从牪牛坪到县城只有两趟班车，早晨一趟，中午回来；中午一趟，晚上回来。要是赶不上中午那趟，就得住在县城。

爷爷和孙子还没有在牪牛坪那些候车的石头上坐定，班车就缓慢地走了。

孙子伸出的右手，不停地摆动。车上没有一个人看见他的右手，也没有看见他。班车就往前走了。孙子看到了班车的后影子。

爷爷的眼睛有点模糊，他没有看到汽车的后影子。

孙子和爷爷坐在石头上，那些候车的人一上车，牪牛坪就安静下来。

爷爷在安静里发话了，孙子，班车还来不来？

孙子说，爷爷，班车已经走了，遇上便车再走，晚上就在城里住下来。

爷爷说，要是没有便车就不去了。

孙子说，有便车的，山里要通电了，前几天，县电业局有车往山里运电杆。说完这话，孙子不敢断定，到底有没有便车。孙子的额头上就有了细密的汗。

爷爷和孙子就坐在石头上。一点也不显得宽敞的路上，没有出现运电杆的便车。

坐过了一会，爷爷改变了主意。爷爷站起身，说，孙子，我们往回走。

孙子不能改变爷爷的想法，看了看爷爷，就站起了身。

爷爷的腿有些毛病。起初是没有毛病的，走起路来生风，最近，腿有点痛，像有一口气在小腿肚子里出不来。要不，他不会要孙子背他的。

孙子背起爷爷就走。孙子还不时地回头看了看越来越小的牯牛坪。县城在爷爷的背后越来越远。

一路往回走。孙子和爷爷的家就在云端里。

孙子没有说话，孙子背着爷爷。他有点惋惜，本来打算让爷爷到县城好好看看的，却没有赶上那趟车，让爷爷失望。或许，爷爷的腿病越来越厉害，这一辈子走不出来，永远看不到县城的模样了。

孙子这样想着，迈的步子就有点乱，也有点急。爷爷觉察出来了，就在孙子背上动了一下。

孙子就动动身子，让爷爷回到原来背的姿势。

山路越来越陡，也越来越窄。孙子背着爷爷，也越来越吃力。

爷爷提出来要自己走。快到那块大石头边，爷爷在孙子的背后说，那块大石头到了没有？孙子看到了那块大青石。孙子放下爷爷要休息。孙子就坐在离爷爷不远的一块石头上透气。孙子的身上已经出了汗。

爷爷的身上没有汗，他用手摸着那块大石头。然后坐上去，他的身边空了一个位置。他侧着脸望着那个位置。下午的阳光在树叶里筛成金属般的样子。爷爷的一只手插进怀里，摸到了那枚精致的玉佩。就那么一下，爷爷的手就依恋地从怀里出来了。

坐过了一段时间，爷爷说，这一段我熟，不用背了。

孙子没依。

孙子弓下身子，让爷爷靠近自己的背。

孙子看得见自己的家了。爷爷看不见。

孙子看见爷爷亲手做成的木屋像一只黑蝴蝶歇在山上歇在云端。孙子喜欢看。孙子每看一次，就加深感情，加深爱恋。

爷爷在背后说，孙子，快到家了，不用那么急了。

孙子说，是快到家了，看得到木屋了。

爷爷说，孙子，不背了，坐下来说话。

孙子把爷爷小心地放了下来。孙子和爷爷就在大树下坐定。

爷爷说，孙子，爷爷一辈子最大的心愿有两个，一是自己到县城看看，还有一个最大的心愿，就是带上你奶奶也到城里转转。爷爷是在那块大石头上答应她去县城的，可你奶奶没有等到你回来。

孙子说，爷爷，咱不后悔，明天我早点背您下山。

爷爷摆摆手，说，孙子，爷爷不后悔，爷爷也知道，看到不看到就那么回事。爷爷已经看到县城了。

爷爷越这么说，孙子心里越不好受。孙子的眼睛开始湿润。

爷爷把手伸进怀里，掏出那枚玉佩。精致的玉佩晃了孙子的眼睛。爷爷说，爷爷真的没有后悔，其实，你奶奶也跟着我看到了县城。

孙子再也无法控制自己的身体，他站起身，一把抱着瘦弱的爷爷。含泪的眼，看到了爷爷脸上浅浅的笑。

很久，孙子朝牯牛坪望，进入牯牛坪的班车像一只白蚁，缓慢地进入牯牛坪的黄昏，进入牯牛坪的心脏。

白老师与田

　　白老师高中毕业就回了村里。村里的干部很高兴，说白老师回来就好了。他们在一起讨论时，说村里再穷，也要把白老师留住，留住白老师，就是留住白家庄的将来。

　　白老师就留在村里了。

　　白老师年轻时，没有转正。村里分田，按在村的人口分，他自然就分到了田，白老师的田一上一下两块，有三亩的样子。分田前，队长问白老师，要不要？白老师说，要，哪一天不教书了，就会闲着。

　　白老师要了田。白老师在那长着紫云英的田边站了很久，紫云英红红的花朵才送他回家。

　　在学校教完书，白老师就往家里跑，赶着犁田，赶着下种。村里干部看见了，说，白老师，你把那些娃娃教好了就行。田，村里的干部来种。白老师说，教那些娃，我有底。一句话说得村里的干部不好意思再下田。

　　日子明媚，白家庄明媚。很多的燕子在白老师的头顶飞。白老师犁田时，觉得辛苦了，就清清嗓子，唱个一嗓两嗓的。高高低低的声音，飘开去，让村里女人听见了，说白老师一点都不怕吃亏，累得浑身没劲了，还快活。

　　看见那些绿的秧苗在露水里在阳光里长出来，白老师的高兴写在脸上。白老师明白；那两块田，就是两个面包，饥饿时能填饱自己，那两块田就是两块毯子，寒冷时能温暖自己。

白老师教书时，心思花在学生身上。他教出的班级是整个联校最好的班级，他教的学生，有两个参加了奥林匹克数学竞赛，还拿了奖。学生高兴，白老师更高兴。白老师把高兴藏在心底。

联校校长要他到联校介绍经验。白老师说，没啥经验，再说，我忙，回家还得给水稻上肥。他摇摇头就回了家。

白老师回来，总要到田边看看，看那些秧苗渐渐地抽穗扬花，看那些谷子渐渐地金黄。学校放了暑假，白老师就安心在家里收稻，安心在田里栽下晚稻。

村里有人说，白老师的田种得好。村里还有人说，村主任天天搞农业的，还没有白老师的两块稻来劲。

没两年，白老师就结婚了。白老师对自己面容好看的妻子说，自己现在当老师，往后不当老师了，就种田。田是我将来的面包，也是毯子。

白老师的妻子很听话，没退那三亩田，也没让人家种，还说，就守着你的面包和毯子。

大热天，白老师和他妻子两个人在田里忙乎。

过了两年，白老师转正了。村里有人说，白老师这下好了，拿着稳当的工资，可以不要田了。

白老师说，田还得要。

白老师和妻子并排在田里插秧，一起往后退去，眼前就是一片绿。栽过十来行后，白老师就站起来看看那些绿色。白老师妻子站起来，看见村里干部在远处栽下秧苗的田边指划。白老师妻子忍不住说，老白，那时候，咋就有干部过来帮忙，现在就没有干部来帮忙了？

白老师说，现在干部上上下下搞协调搞招商搞引资，忙不过来。

村子里很多人在城里打工了。尤其过了年，很多人就大包小包地背着出门。白老师看见那些人进城的身影想，那些人，有一天，还要不要田？

村里很多人不打算要自己的田了。田一块接一块地荒了。村主任就拿白老师当例子，说人家白老师有了公家的稳当饭吃，都还种着田，分了田，要是不种，那是糟蹋！

有一回，村里易米老气横秋地要找村主任退田。村主任也不示弱，人家白老师还真心实意守田，你易米起啥子浪？三言两语就把易米堵回来了。

这事让白老师的妻子知道了，说村主任在夸你。

白老师一笑。

白老师一直种着自己的田，不管收成大不大。

村里很多人荒了田。白老师看着那些荒了的田可惜，找到村主任，说，很多田荒了呃。易米的田都没种了。村主任叹口气，说，是荒了。村主任一脸无奈。白老师回来的路上，不住地嘀咕，不能荒不能荒。

白老师退休了。

白老师还种着那两块田。妻子劝他不种了，白老师说，我要不种，村里人说我年轻时想着要种，现在不种，怎么行？种吧！

有白老师教出来的学生回来，也劝白老师。那学生说，没有白老师就没有我的大学就没有我的公司就没有我的前程。只要白老师肯走，我给最好的待遇。学生劝得情真意切。白老师边听边摇头。学生劝他不走，只得走了。学生一走，就有人对白老师说，你那学生在城里开了好大好大的公司，不让你干活，还给你钱，咋就不去？

白老师不说话。

白云在白家庄的天空飘荡，荡向远方很多人爱着的城市。白老师在田里干活儿干累了，就和妻子坐在田埂上。白老师看看白云，又看看那些新建的房子，清一清嗓子，就唱：我们的家乡，在希望的田野上。妻子也清清嗓子跟着和：炊烟在新建的住房上飘荡。

唱着唱着，白老师的眼里就唱出了泪。

法　水

在梅村，很多人抽烟喝酒，这样的坏习惯，法水身上就有。

法水爱抽烟。法水抽烟一根接一根。法水一张嘴，让烟熏得焦黄的牙就露出来。法水辛苦赚来的钱，有一半消耗在烟上。

法水爱喝酒，法水喝酒一杯接一杯。法水一打嗝，吐出来的酒气，隔老远就能闻到。法水辛苦赚来的钱，有一半消耗在酒上。

梅村人劝法水：少抽点烟，攒点钱弄个女人。

法水摇摇头。

梅村人劝法水：少喝点酒，酒是穿肠毒药，攒点钱弄个女人，冬天好暖脚。

法水摇摇头。

有了这两样坏习惯，梅村人不愿跟法水接近，再不愿劝他。

余痕是梅村最漂亮的姑娘。余痕在法水抽着烟的时候说，法水，你要不抽烟不喝酒了，余痕就是你的女人。

法水疑问，一言为定？

一言为定！余痕的话掷地有声。

余痕就成了法水的女人。

法水再不抽烟了。法水就去粮站上车，粮站的谷往外调运，来了车，就有人装谷背谷。法水就成了背谷的人。一满包一满包地往肩头上扛，再耸耸肩，法水觉得没事。法水弄来的钱再不买烟，回来就交给了余痕。余痕拿着法水的钱，就去玩牌，先玩小的，再玩大的，余痕就上了瘾。就从牌桌上下不来。

天黑了，余痕回到家，对法水说，法水，我想玩牌，给的钱都输了。

法水不生气，说，余痕，你输吧，我不心疼。

法水，你辛苦弄来的钱，你还是抽烟吧。

余痕，我不抽烟，我真的不抽烟了，我答应过你。法水再不往下说。

余痕流泪了。

法水再不喝酒。法水就去工地挑砖，一满担一满担地挑，再擦擦脸上的汗，法水不觉得苦。法水弄来的钱再不买酒，回来就交给了余痕。余痕拿着法水的钱就去玩牌，先白天玩，再夜晚玩，余痕的瘾就越来越大。半夜里，法水找到在跟另外三个女人玩牌的余痕。余痕慌张地放了牌，说不玩了。法水说，玩吧，别扫她们的兴。法水就径直回来。

天亮了，余痕回来，对法水说，法水，你喝酒吧，你要不喝酒，我心里难受。

法水说，我不喝酒，我真的不喝酒了，我答应过你。

余痕流泪了。

粮站的粮食越来越少，法水就不在粮站背谷了。工地上要挑的砖挑完了。法水回来对余痕说，不背粮，也不背挑砖，我到广东挖煤去。

余痕看了看法水说，行。

余痕拉着法水的手说，到了外地，你抽烟喝酒吧。

法水摇摇头。

法水看着梅村春天的风景，一脚一脚地往外走。

年底，村庄有一天没一天地飘着雪，法水在雪天回来，一脚一脚地踩得那雪发出"咯吱咯吱"的响声。

法水从背包里拿出厚厚的一叠钱来，说，余痕，我挣的钱，你拿着！

余痕说，法水，不瞒你说，我输掉了不少钱，还欠着人家的呢。

法水说，余痕，拿去还账，往后，我还可以再挣。

余痕让法水说出了泪。余痕说，往后，我再不在牌桌上玩牌了。

法水笑笑，想玩你就玩。

过完年，法水背着包，又去了广东。

余痕再不在牌桌上玩牌了。余痕就开了地，种了红薯。那红薯长得好好的。余痕就种了水稻，那稻子绿绿的，也好看。

余痕想法水回来看看。

余痕就打通了法水的电话。法水说，老板说了，挖煤要紧，就不回了。

余痕哭着说，法水，我打牌又输了，拉下了不少账。你赶快回来，要不很多人说你女人不是人。法水说，我就回来，拿钱给你填上，你别哭你别哭。下午就去车站买票。

法水很焦急地回来。一到家，他一把抱着余痕，说，把那些钱给还上。

余痕说，我没玩牌了，只是想你回来看看我栽的那些红薯和水稻。

法水说，我看我看。法水还说，我在外面没有抽烟，没有喝酒，更没有玩女人。

余痕说，我晓得我晓得。

余痕就带着法水在地头看那些红薯的藤叶在地上说着梦话，还带着法水在田边看那些水稻无语地翠绿。

晚上，余痕和法水看着电视。

法水惊呆了，自己挖煤的那个矿透水了，好多的兄弟没有出来，正全力抢救！

余痕用手摸着法水的脸说，法水，你没事吧？

法水一把抱住余痕，急促地说，婆娘，你救了我，要不，我就出不来出不来了，你知道不？

余痕让法水紧紧地抱着。

很久，法水说，家里有没有烟？有没有酒？我只想看一下，闻一下。

余痕摇了摇头。

渐渐地，梅村的夜就深了。

法水说，睡吧，余痕，我还想挖煤。

余痕说，睡吧，法水，往后挖不挖煤，天亮了再说。

麦 子

镰刀的地起初不是挨着村主任显手的。

镰刀的地挨着湿槐的。湿槐去了城里，那地真像一张厚实的毯子搁在了镰刀的地边。镰刀就想到了湿槐的地，坐在地边发呆，回去时，还回头看了看。

黄昏还没有来，镰刀远远看见女人水露蹲在禾场上撒鸡食，大小的鸡在她眼里安静地吃食。镰刀蹲下身来跟水露商量，湿槐的地显然是不种了，要不要接手种下来？

水露停了撒鸡食，说，怕村里不给种。

镰刀说，找显手看看。

水露弯下身来抓了一只肥肥的鸡，慌乱的鸡叫声在镰刀的屋前响起又落下，胆小的鸡吓得一地乱跑。

镰刀回屋提了两瓶土酒，再提了一只鸡就急急地进了显手家。

从显手家出来，镰刀的手上仍是土酒和鸡，脸上的笑一路花开一样地持续到了家，黄昏跟在镰刀的身后就来了。

躺在床上，水露睡不着，用脚蹬了一下镰刀，成了？

镰刀说，成了，显手说，湿槐要不回来，咱要种多少年就种多少年。

水露"哦"了一声，说，以后得谢谢显手。

镰刀豆子一样地丢过来一句话，谁说不谢他？

接下来是水露轻微的鼾声，接下来是镰刀粗重的鼾声，接下来是夜色越来越浓。

湿槐的地接过来，镰刀的地就挨着显手的地了，他站在地里感叹，好大一块地，得好好地种一地麦子！

地犁过来，就下了麦种。

镰刀一把一把地撒着麦种，显手也撒。

镰刀看见显手，停了下种，走过去，递上一支烟，说，村主任也下种？显手接了烟点燃，吐出一些烟圈，说了一字，下。接着一把一把地撒着黄黄的麦子，镰刀看着显手瘦瘦的背影笑，还笑。

镰刀往地里担肥料，显手也往地里担肥料。显手个子不高，肥料有些沉，一担肥料压得他歪歪扭扭。水露见了，说，镰刀，咱家的肥料迟点上，你帮村主任把肥料担到地里去。

镰刀就一把接过显手的担子往他地里去，显手在身后紧紧跟着。

过了年，那麦子一天比一天青。

眼看着，那麦子一天比一天高。

镰刀的麦子没显手的青，也没有显手的高。

显手收着黄黄的麦子。

镰刀的麦子才慢慢地黄，那黄像是慢慢烤出来的。

显手的麦秆堆了一地，回去的时候点燃了那些麦秆。显手不知道那些麦秆点燃后会起大风。

镰刀的地里冒出浓浓的烟时，那一大片麦地着了火。

镰刀晓得是自己的地里着火了，撒开腿就跑，跑到地边。镰刀不晓得救哪株麦子，站在麦地前，看那火熊熊地走过，火烤得他满身是汗。

水露站在镰刀的身后，说，镰刀，你灭那些火，灭呀。

镰刀眼里的泪就出来了。

不到两个时辰，镰刀的地里就黑了，天也黑了。

镰刀就坐在地边，水露眼里是黑黑的麦地，坐在镰刀身边说，麦子烧了。

镰刀问，咱们家的刀呢？

水露说，上次你放哪儿还不在哪儿。

镰刀说，我忘了。

镰刀起身，水露也起身。镰刀回来找刀，刀没找着。

镰刀一地的麦子烧了，村子里有人陆续送一些麦子来。有送一袋的，也有送一担的。他们放下麦子就走了。

镰刀泪眼望着送麦的人送来的麦子，就忘了找刀。

水露想起一件事，说，没来的只有村主任了。

镰刀说，我跟显手没完。

水露留下两袋麦种，说，镰刀你说话呀，又该种麦了。

镰刀就下地种麦了，显手也种麦。

镰刀没有出声。镰刀种完麦子，沿地界筑了一段土墙。

墙筑得高高的，显手在地里种麦，过来对镰刀说，镰刀，咋筑墙呀？

镰刀骂，烧了我一地的麦子，话都没有一句。

显手说，谁说没一句话？各家各户送你的麦子，都是我向他们借的。我要赔你，怕你不要，才出了那样的主意，再说，上面来的救济，过些日子就到。

镰刀瞪一眼显手，说，我不信。

显手说，不信你问问那些送麦的人。

镰刀就低了头，用脚蹬了一下那筑着的土墙，赶紧跑回家。

没几天，村里来了救济粮，显手通知镰刀去领。

水露问镰刀，要不要？镰刀没摇头，也没点头。

我要王八

娃 10 岁，读四年级，年底，老师要娃交学费，娃听到了。娃回家要，娃爹不肯给。

娃再回学校，当着老师的面说，没。娃一脸的无奈。老师又对娃说，不给不动身。

娃听着。

娃没要到学费，一步也不肯迈，书包也丢了。

娃爹发火，抽娃两巴掌。娃不哭。

娃仍旧不哭。

队长家的堰塘放干了，队长一家大小在抓鱼，从天亮抓到中午，鱼抓了不少，一篓篓一担担担上来后，队长发一句话，搞野鱼的可以下塘了。

于是，岸上等了好久的人下塘了。

娃早早地站在岸边，看队长一家抓鱼，娃心里清楚，热天里游到岸边的王八还没起来。娃也下塘了。

娃用竹子织成的一把叉，学大人的样叉王八。

娃叉了个来回，就听岸上的人喊，定定，老师搭信来了，要你去考试。

娃回了一句，一块钱的书费没交，不考了。娃又继续叉王八。

也有喊定定他爹的，定定他爹，你不能让娃不上学不学字。娃爹当没听见。

塘里叉王八的有十几个，娃爹和娃碰头的那刻，娃爹说，叉到了，喊我，别让王八跑了。

娃没点头，也没摇头。

这是寒冷的天，尽管天上还挂着个橘子，娃的水靴里进了水，一阵一阵浸得娃疼痛，娃没歇气。

娃坚信，叉到了王八，学费就有望头了。所有叉王八的人中，就娃叉到了。

娃丢了叉子，死死抱着王八回家了。娃爹跟着回家了。娃跟爹说开了。

娃说，卖了王八交学费。

娃爹也说，卖了王八交学费。娃又说，变卦了，咋办？

娃爹说，变卦了，爹断腿。

娃又跟爹拉钩，拉钩拉钩，一百年不变休。娃这才有了信心。

娃拉完钩，又有点后悔了，今天的考试没参加，老师怕不要我了，唉！娃只是轻轻地叹了一口气。

收王八的是一个老头，坝里人管他叫贩子。贩子跟娃爹出了价，掂了掂重量，说，给250块钱。

250，同意不？娃爹问娃。

行。娃说。

娃知道，上学期的学费还差200块，还了欠费，多的可以预交了。

行。娃爹说。

贩子提走了娃叉到的王八，口里还一句，好家伙，又这么大一个王八。

250块钱，娃爹死死地捻着。

娃要那250块钱，娃爹不同意。娃爹想起了前两天许下的话，答应还队长200块钱，便说，定定，上次为你借的学费钱，队长催着要过年。

娃说，队长要钱干什么？没儿子念书，又不起屋，还抓了那么多鱼，卖了不是钱？队长也太没良心了。

娃爹看了看娃，说，别念书了，明年跟七儿师傅到常德城里搞小工去。

娃发话，我才读四年级呃，老师讲的，往后的路还长着呢。娃开始掉泪，"呜呜"地哭起来，哭声中有这么几句，讲好了的，卖王八的钱交学费，就你坏就你坏，我要王八——我要王八。娃发疯般地朝坝子外面跑，心想，自己还能赶上那个收王八的，要回自己的王八……

娃回来的时候，天黑定了，娃爹温了一盆水让他洗脚，还说，下午队长过来了，那 200 块钱不要咱们还了，热天里，你帮他看过几晚上堰塘，这 250 块钱，你拿去交学费。

娃那晚好高兴。

天亮时分，娃来了忧郁，自己没参加考试，老师还要自己吗？这学期的学费交了，下学期的又从哪儿生根呢？

娃还是装着高兴的样子去了学校。

选 择

娃进大学堂还差一分，娃知道差那一分等于差了全分。

娃回了村里，娃在村里走得很慢，娃怕旁人见到自己落榜的面容。

娃是娘卖掉了口粮还卖掉了肉猪供自己上的学。娃每次拿着娘积攒的学费就奔学校去。娃在校已经够用功的了。

娃回家见了娘，娃明白，就是没考上，也得回去见娘，不能让娘干着急干等，娃是娘的心头肉。

娘看出了娃的心事，娘知道娃的心里痛苦，娃一端碗就放碗的样子，娘看了就不好受，还得佯装笑脸开导娃。

娘就领娃做事，让娃把伤心的事忘掉。

大热天，田地裂开口，缺水得很。娘不想让作物干死，娘还要将来的收成。娘挑水润稻，娃也跟着挑水润稻，娃毕竟是嫩皮嫩肉嫩骨头，娘劝娃歇，娃就歇，就拿毛巾擦汗。

娘开沟放水，娃就开沟放水，娃以前没干这活，累得腰酸腿疼，娘劝娃，娃你干些日子就好了。

那个夏天，娘辛苦，娃也跟着辛苦。娘知道这些活苦了娃，不苦娃不行了，谁让娃想不开哩。

娃渐渐地高兴起来了，饭量也大起来。娃有胆量在村人面前说话了，娃说，没考上，不是羞事，说不定往后还有机会再考。娃也有勇气在村人面前站立了。

又到一年粮食打下来，肉猪出栏的时候了，谷贩子猪贩子一趟趟往家中来，说是买谷买猪。娘又有了一笔收入。

娘知道，这钱得给娃攒着，娃大了，该结婚娶媳妇。

冬日的雪花，一瓣一瓣地飘飞，村庄安静得很。娃在火塘前一页接一页看书，娘在火塘前飞针走线，娃看了一会儿书后，对娘说，娘，有件事不知该说不该说？

娘点了点头，娘并没有停下手中的活计。

娃说话了，娃说，我要读书，粮食和猪都卖了，够读一年的了。

娘看了看娃，娘觉得娃的胆子真大。娘好一会儿没吭声，依然飞针走线，当没听见。

娃感觉先前的话刺疼了娘的心，娘的钱应该用在娶媳妇上了，娃说过一句，再没说二句了。

娘心里清楚，娃再读书，就没有娶媳妇的钱了。娘轻轻问了一声，是娶媳妇用还是读书用？

娃低头了，娃再没有勇气说读书了，目光再没有朝书本上使，娃心里有了一层厚厚的忧伤。

娃只是觉得自己的想法伤害了娘，娘已经给了自己念书的机会，只怪自己。

娃说话了，不读书了，那钱用来娶媳妇。

那以后，娃真的没读书了，娃几乎把所有的精力都用在挣钱上，娃用挣来的钱娶了媳妇。

娃得了崽，那时，娃的娘已不在世上了。

娃不能苦了崽，娃就是天天穿破衣，也要让崽读书；娃就是天天不见荤，也要让崽读书。

后来，崽成了村里的中专生。

娃送崽进校，临别，娃只说了一句，当初你爹就没这个机会。

崽望望爹，愣了好一阵，爹那话到底是啥意思？

少年梦·青春梦·中国梦——中国故事
[伍中正] 云很白

卖 瓜

天刚放亮，村庄就醒了，我跟爹也醒了。

我看见爹快速地洗了脸，陈旧的湿毛巾爽快地往肩头一搭，就走到灶屋，在砧板上拿了刀口明晃的菜刀，然后就朝那车瓜走去。

装瓜的板车稳稳地停在禾场上，这时候我脸上有笑地站在了车旁。

爹把菜刀平静地搁在车上，然后对我说，罗衣，咱们走。说着就两手拉了车把，用了些力，板车就无语地走动起来。

我就跟爹上了村道。村道干净平坦又幸福，两边是一些长得高高的树，树是村道上无法摧毁的风景，它们的枝丫有意无意地长成了各种形状，我只看了几眼就没看了。

我们要到城里去。

天越来越亮了，太阳在我们眼前明亮起来。走完村道，我们的板车上到了水泥路。水泥路是才打上的，通城里，路两边的树还没有放肆地长起来，矮矮的稀稀的几根。路上的大车小车就多了，有的发了脾气，鸣了喇叭呼啸而过。

我说，天越来越亮了，路上的人多了起来，挨边上走。

爹说，走边上。

七月的风很有意思地在村庄吹着，吹得村道上的树叶"哗哗啦啦"

响，那些响声有一阵没一阵地落在我跟爹的身上。

我们都感觉到早晨扑面而来的凉爽。

我在后面推车。实际上，我没有推，只是右手扶着车沿跟着爹一起走，我看得见车上滚圆的瓜和爹的背影。爹还是穿着那件让水洗褪了色的蓝色背心，背心很快要湿了。我觉得爹每走一步都有使不完的劲，还觉得卖完这车瓜得让爹给自己买一件新的蓝色背心。

我知道，爹从地里一个个抱回来的瓜是不会卖给五叔的，劝他也没用。

我说，卖完这一车，地里的就卖给五叔，五叔反正做着瓜生意。我说这话的意思是，让爹省一些事儿。

不卖你五叔，你五叔心里只有你五婶子。收瓜时，心黑着，短人家的秤，少人家的钱。人家不怎么卖瓜给他了。爹说的每一句话，我都知道了。

我不做声了。

爹说，罗衣，说你五叔，不高兴了是不是？爹不说了。

我说，要不卖完这车瓜，我还陪你来。

爹说，你不来了，太阳挺毒的，你就在家里看书。

这时候，我看见爹越来越湿的背。蓝色背心湿透了。我说，爹，要不歇会儿，路还远着呢。

爹也有歇会儿的意思，也说，歇会儿。

板车不走了，瓜也不走了。

爹停下脚步，用毛巾胡乱地擦了脸上的汗。然后把毛巾朝肩上一搭，接着说，罗衣吃个瓜，当早饭。

我说，这么远拖来的瓜，不容易，还是回屋里吃。

爹说，爹高兴，瓜价又好，你又考了那么好的学校。爹不在乎这个瓜。买也要买给你吃。

爹从车上拖出一个瓜来，拿出菜刀，一刀破开来，再破成小块。

爹清脆地叫了我一声，罗衣，你自己拿。

路上的车来往不断，太阳照着我们。我拿起瓜，在阳光里吃了起来。那瓜上冒出来的甜水，湿了我的下巴。爹看了看我，笑了起来。

　　走吧，爹。我说。

　　板车又走动起来，车上的瓜又走动起来。

　　板车在走，瓜在走，七月的风就在我们身边肆意地擦过。

　　路上来往的人还不多，我们急急地走着。爹只顾拉车，有几个走过的人，爹只跟他们简单地说了话。

　　爹回过头来看了我一眼，说，罗衣，昨天拿到了通知书，今天还高兴？

　　我说，还高兴。爹呢？

　　罗衣，爹还高兴呢，为你拉瓜到城里卖，也值！爹说。

　　我说，晓得。

　　爹回头又看了我一眼，说，罗衣，你不使好大的劲，让你爹一个人拉。

　　爹，我没使劲，你朝前面望着，我不得不提醒爹。

　　罗衣，爹要你来，是帮爹看看瓜，看看秤，你眼睛好使，算账又快。

　　晓得。我是对着爹的背影说的。爹听见了，车上的瓜也该听到了。

　　我们看见了越来越高的楼房，我们离城市越来越近了。

　　还没进城，我们被两个穿制服的人叫住：说你们咧，你们这板车不能进城。

　　停下脚步的爹说，咋不能进城？爹斗胆问了一句。

　　其中一个穿制服的人凶凶地说，上面有规定，要违犯，就收了你的车。

　　我拉着爹的手说，回吧，爹。

　　爹看了我一眼，对我一笑说，你爹高兴。拉回去，卖给你五叔。

　　我仍旧在后面推车。

　　我们回来走得很快，七月的风在我们的身边在我们的头上来了又走。

　　到了村道上，爹说，罗衣，爹是高兴，要不，爹就骂了那穿制服的。

　　我知道，爹那天高兴，就没在穿制服的面前做出傻事来。

捐　款

　　游档从最初得到汶川地震消息时就有了捐款的想法。

　　棉地空旷。女人跟男人游档下午在地里栽棉苗。那棉苗栽得一行对一行。游档一把把上粪还一瓢瓢浇了水。

　　女人跟游档在地里感到一阵眩晕。游档的头像被木槌扎实地敲了两三下，只好捂住胸口坐在地里，一个劲地怀疑是不是中午女人打来的谷酒有点不纯。女人也感到胸闷，怀疑是不是游档在菜里多放了一次佐料。

　　游档坐过一会儿后，站起身就听见女人说，浇完棉苗的水就回家！

　　游档看一眼女人好看的身段，木瓢里倾出的水溅到棉苗上，顺着棉苗的根部流到有点干燥有点湿润的地里。

　　夜晚安静。游档跟女人看电视。游档闲不住，就一刀刀劈着篾。很有弹性的篾片就在电视机前晃动、跳跃。女人很少看一眼电视，更多时候，是看游档有模有样地劈篾。游档手中的篾片弹到离屏幕不远的地方，那篾片再拉回来，他一惊，汶川地震了，这回要捐款给汶川。

　　女人也一惊，两眼紧盯着屏幕。她才明白，下午在地里怕是经历了地震。

　　游档停了劈篾，喊她一声，睡觉了，天一亮还要栽棉呃。

　　躺在床上，女人睡不着。她用脚轻轻踹了游档一脚。游档没有醒，鼾声渐渐在屋子里弥漫开来。

游档实施捐款行动的时间越来越近。

白天栽完棉苗，女人就坐在电视机前。她从那些画面上看清了也听清了，谁谁赶到了现场，谁谁经历了 70 多个小时后成功获救，谁谁捐了多少善款。她看一会儿，就落一次泪。

游档也坐在一边，看着女人的脸，看着女人的泪。他也知道谁谁赶到了现场，谁谁经历了 70 多个小时成功获救，谁谁捐了多少善款。

很久了，游档才说，睡吧。

栽完一地的棉苗。女人眼睛红肿地跟游档坐在自家的枇杷树下，一树的枇杷黄爽。女人对游档说，摘下枇杷来。游档在树上弄得枇杷叶哗哗啦啦响。摘下枇杷来，女人边吃边说，买两套热天穿的衣吧。

游档看着女人红肿的眼睛说，买。

平日里，游档身上几乎没有揣过钱。钱都是让女人攒着藏着。家里要做什么用，女人掂量掂量后，才拿出来。游档为这事曾经窝过火，慢慢地就习惯了。

那一夜，游档从女人手里接过了买衣服的钱。

游档终于把钱投进了设置在武陵大道的捐款箱。

五月的风一阵一阵地吹着。游档走到了街上。他走过了一条又一条巷道，在经过武陵大道的时候，看见了很多人的衣服色彩鲜明。很多人走过去了，又有很多人走来。他看见了一只大的抗震救灾募捐箱，还看见很多人在往募捐箱里投钱。

游档把藏在裤袋里的钱摸了几下。他把藏在裤袋里的钱再摸了几下。

游档很自然地拿出了那些钱。

游档没有注意到，就在他往募捐箱里投钱的时候，电视台的记者正好在拍他。记者让他说说心里话。

游档笑笑，啥也没说，就走了。他很满足很踏实地从武陵大道走回来，走过了一条又一条街。五月的风一阵阵吹过他的额头。

游档回来得很晚。他没有买回衣服，钱也没了。女人自然要问。

女人躺在床上问。游档也躺在床上答。女人要问的话越来越多。游档的回答越来越简单。游档经不住女人的问话，就直说了，买衣的钱，捐给汶川地震灾区了。

女人来了疑问，游档你咋会捐款？

在女人的疑问里，游档鼾声又起。

天一亮，村主任敲开游档家的门。村主任说，好样的游档，你是村里第一个给地震灾区捐款的。村里很多人看见了。

女人一听，看看村主任，又看看游档，红肿的眼里流下泪来。

村主任走了，女人才说，游档，你过来，让我抱抱你。

游档让女人紧紧抱着。

游档。游档。女人轻声喊着游档的名字。五月早晨的风轻轻吹过女人的发梢。那天早晨的阳光里，女人说，我也要捐款。

游档说，依你。

斗　笠

　　斗笠很快就从我的村庄消失了，我还来不及唤它一声。斗笠，一种简单的遮雨的工具，曾经是村庄各家各户的雨具，再穷的人家都会有一顶。

　　我常见的斗笠多呈圆形。手艺好的人织的斗笠浑圆，又不漏雨。斗笠里外两层都是篾的，中间一层要么是能隔雨的塑料，要么就是一些用线绗好的宽大箬叶。

　　斗笠多是男人织的。男人在村庄里生活，好像有理由有责任将斗笠织好。曾经，就听父亲说过，那些斗笠织得好的年轻人，还容易被一些女子看上。隔壁的海唐叔年轻时就织得一手好斗笠，他把那些斗笠挑到湖区，湖区竹子少，会织斗笠的人又少。十几顶斗笠一脱手，回来的路上就多了一个好看的女子。那女子后来就成了海唐叔的女人。海唐叔走的那年春天，女人把他织给她的各式各样的斗笠，在海唐叔的坟头烧了。火光中，海唐叔女人哭着喊着，下辈子还要戴他织的斗笠。

　　斗笠在村庄生活了很久。村里只要会劈篾的人，都织得来斗笠。农闲时，就见很多人或坐在家里，或坐在田埂上，或坐在坡地边，织起斗笠来。那些柔软的篾片就在眼前跳荡起来。细心的男人，会将篾劈得细一些，花的工夫多一些，斗笠眼留得小。粗心的男人，就随意了些，劈的篾也不讲究，厚一片，薄一片，里层织得更差劲。

女人中，也有会织斗笠的。村庄里的兰枝就会。兰枝起初不会的，她没事的时候，在那些男人堆钻，看他们劈篾，看他们织。回头就在自家的竹园里砍下几根青皮竹，削了枝，就破竹。兰枝娘怪她，你一个女儿家，好好做人，往后还怕没得斗笠戴？兰枝不听她娘的，依旧织她的斗笠。后来，兰枝就成了村里织斗笠的好手。

　　很多的斗笠是织给女人的。村庄的女人喜欢戴一种轻巧的斗笠。戴在头上，舒服。很多的女人也很讲究，在斗笠的里层，每逢有什么花开，扎上一朵几朵的。尤其是村庄的栀子花和桂花。女人走到哪，斗笠就戴到哪，花就香到哪。往往，直到那些花朵蔫了，才把它们拿掉，再换上新的花朵。

　　斗笠在村庄很有地位。各家各户都留给斗笠一个位置，一个起眼的位置。村里的房宇，门前，或走廊上，都钉着粗细不等的竹钉铁钉。斗笠不用了，很简单，顺手朝钉子上轻轻一挂。人家很多的木板和墙壁上都是斗笠歇息的地方。那些斗笠就成了一道起眼的风景。

　　也有拿斗笠出气的。两口子吵了架，或生了闷气，往往拿斗笠解恨。玉梅就拿斗笠出过气。玉梅跟男人在地里锄草。天气热，草又难锄。玉梅男人不愿再锄了。玉梅说，再锄一段时间。玉梅男人不依，甩了斗笠就走。玉梅也气不打一处来，把斗笠也甩了，用脚狠狠地踹。边踹边说，你织的斗笠不心痛，我还心痛？后来，玉梅没跟男人过在一起。玉梅走出村庄的时候，那天下着不大不小的雨。我没见玉梅的头上戴着斗笠。

　　伞的出现，令斗笠尴尬。那些撑开来就能遮阳遮雨的玩意加速了斗笠的告别。起初，那些斗笠没有当一回事，没几年，各家各户就有了伞。有了伞就忘了斗笠。那些黑了的旧的斗笠影响了木板和墙壁的美观。很多人就取了斗笠，拿走了钉子。斗笠就走向了火塘。

　　我们家的斗笠也不例外。在那间有些透风的屋子，父亲像扔一枚烂掉的菜叶一样，把斗笠扔进了火塘。我还来不及呼唤一声，一些感动和悲伤，一些值得记住的细节，随着那顶斗笠化做一道道青烟，化做一团团跳跃的火，渐渐地，就成了灰烬。

草　垛

我的眼前是即将沉落山那边的夕阳，身边是从村庄身后吹来的不大不小的北风。倚靠在文叔小心堆码的草垛边，就想起一些村庄的草垛，想起草垛的过去。

我知道，稻草是牛的食物，那些在屋场上走动的牛，就靠门口塘里的水和那些稻草过冬，也靠着那些稻草暖和身子。秋收后，田里的稻草就一把把扎起来，屋场上的人称做草把子。草把子有着一种极为简单的扎法，男男女女都会扎。那些草把子就在风里在阳光里晾干，有时候，那些草把上歇一些吵闹的麻雀，还歇一些青鸟。稻草干好了，就开始堆码草垛。

在我生活的村庄，在我生活的屋场上，堆码草垛很有讲究。弄不好，雨水雪水渗进草垛里，稻草就会浸湿，就会发霉，就不对牛的胃口。屋场上最会码草垛的要算米茶叔。往往，草把子收回来，队长不安排其他人就要米茶叔码。米茶叔就在队长信任的目光里码草垛。屋场上很多人说，米茶叔会放脚、出腰、收顶。每一个环节，他都心中有数，有讲究。

我看见过米茶叔码草垛。码草垛时就是米茶叔享受快乐的时光。米茶叔就在那种悠闲的场所里享受一种安静和幸福。一草垛、一支烟、一女人。草垛码到一定高度，就要有人递草把，递草把的多是女人。屋场上有没有其他女人给米茶叔递过草把子，我没看见。我只看见蔡婶子递过。那一天，我看见草垛有一人来高了，米茶叔就站上面弓腰勾背，他往下一看，就能看见蔡婶的蓝布衫子遮掩的大胸。米茶叔喊歇一会儿，蔡婶就停了手。米茶叔从衣袋里拿出一支烟来，在嘴上燃着了，就抽。抽过几口后，就喊蔡婶递。蔡婶就踮起脚跟往上递草。米茶叔就看见蔡婶的胸一颤一抖。蔡婶晓得米茶叔在看她的胸，就大声说，米茶，别光顾着看人，你的草垛码歪了！果真，米茶叔那天把草垛码歪了。那一天，我从米茶叔码歪的草垛边走开，一路吃吃地笑着走回来。

后来，听米茶叔说，草垛码歪了，队长跑过去一看，还责备过他。好多人还七句八句地笑话他。她女人也骂他：奔四十的人了，眼里还不正经。不要脸！弄得他有一阵子很没面子。

米茶叔码草垛一直码到分田那年。那一年，田地一分。农具和牛分到了各家各户，屋场上几户人家才分到了一头牛。牛草由各家各户准备。屋场上的草垛也不码那么大了，也不要米茶叔码了。米茶叔在城里有亲戚，他没要田也没要地，就进了城。

有草垛的日子是温暖的。有了草垛，就有了我少年时的乐趣。麻雀成群结队，在草垛上寻找温暖。它们从草垛里出来，还有意抖落几根羽毛，给寒冷的村庄留一些梦，留一些语言。我跟面容好看的邻居小青还在草垛边捉过迷藏。有时候，我从草垛里抽出几把草来，盖在自己的身上，任小青来来回回地找。当我突然从草丛里出来时，小青表现得很惊讶。我仔细看过她的脸，看见她挂在脸上的一行泪。然后，拉着她的手回家。有时候，我就在草垛里玩，就在草垛边睡，玩到睡到我娘认不出我来：一身的草味，一身的草屑。

屋场上的牛越来越少。有的人卖了牛，也像米茶叔一样进了城。有的人买回了耕田机。稻草再也没有大用了，再也不用扎成草把子了，再也不用码草垛了。

草垛就远了，就在我的眼里模糊起来。邻居小青也在春风和喜庆做成的日子里走向城市，做了城市的新娘。我再没有看见她回来在米茶叔码过草垛的地方或走走、或站站。

去年，那些住在澧水边上的人，因为一座水库的修建，有几户移民落脚我的村庄，我的屋场上。文叔一家就是其中一户，他在村庄里分到了田分到了地，并且在田里种起了水稻。那些水稻成为我眼里的好景致。秋收后，他把那些稻草扎成把，在风里晾干，码成草垛。

　　我就依靠在他的草垛上。草垛给我的温暖，只有我静静地体会。

　　文叔精神地经过我的面前。见我靠在他的草垛上，很自然地笑了一下，就走了。

　　他没有问我靠着他的草垛干什么。我不知道，文叔在以后的岁月还会不会守候我的村庄，会不会扎一些草把码成草垛任我回忆过去。我也没有问他。

　　看着文叔走动的背影，我一时无语。只有不大不小的北风从我身边吹过，吹得我有点苍白，吹得夕阳有一些感动有一些悲伤地沉落到山的那边。

谁来证明你的马

梅四久的马丢了。

梅四久早上起来就去了马圈，他没有看见马，只看见了柱子上的一小截链子，那链子是用来系马的。那一次，买回来的链子，他嫌长了一点，就截成了两截，长的一截系在马上，短的一截套在柱子上。

喂了 10 年的马丢了，梅四久决定找马。他带了干粮和水，天一亮就出去，天黑了就回来。饿了就在树底下吃干粮，渴了就喝水。

回到家，梅四久觉得疲倦，就往床上一躺。渐渐，鼾声四起。朦胧中，那匹马系在圈里，尾巴摇来摇去，嚼草的声音很响。梅四久醒来，才发现自己做了一个梦。

梅四久拉亮电灯，坐在床上翻看 5 年前和马在一起时照的一张张照片。每看一张，他就有一种难受的感觉。

每次找马，梅四久都带着那截链子。他觉得，那截链子可以比对自己马上的链子，也算一个证据。

梅四久找了三天马，问了很多人，男的女的都问过，都说没看见。还有的人反问他，你自己的马，咋就不好好看着？梅四久让人说得很尴尬。

梅四久仍旧找马。有人劝他，你还是到派出所报案，让派出所出面，找到马的可能性就更大。

梅四久仔细一想，觉得在理。一个星期后，梅四久就走进了派出所。

那天，梅四久看见自己的那匹马系在派出所前院的走廊上。他赶紧跑过去，把头贴在马头上，话还没说，眼睛里就涌出了泪水。然后，他就用手摸着马的头。

梅四久很想牵回自己的马。可是，值班民警不依。民警说，梅四久，这马是它自己走进派出所的，我们在各村都贴了广告，也没人来领。你来领，没有谁证明马是你的。

梅四久说，系这匹马的链子跟我手里的链子是一样的。

民警看了看梅四久手里的链子，然后说，相同的链子有的是，根本不能证明马是你的。

梅四久还说，这匹马有一个胎记，胎记就在屁股上。梅四久走到那匹马后，用手指指马屁股上的一个细瘤。

民警说，有胎记的马多的是，不能说有胎记的就是你的马。

梅四久最后说，我找卖马的人来证明。

民警依他。

梅四久走之前，就去地里割了草。他把割来的草放在走廊上，马就慢慢地吃草，边吃边看着梅四久。

马是梅四久在庄一群手上买的，要庄一群来证明不就行了。梅四久想。

梅四久和民警找到庄一群。梅四久对庄一群说，马是 10 年前买的，你应该还记得。

庄一群接连摇摇头，然后说，10 年前的事，不记得了。梅四久说，你再想想，不就过了 10 年，咋就不记得你的马？庄一群说，想不起来了。

梅四久无奈，只得回来。

梅四久回来，又在家里翻出了自己和马照的照片。他觉得照片上的马跟派出所的马是一样的。有一回，庄里来了个照相的，照的是快相。等两天就有，还保证送过来。照相的人说动了梅四久。梅四久就跟照相的人提了要求，说，就跟我的马照几张。

在民警面前，梅四久拿出了照片。民警仔细看了看照片里的马，又看了看梅四久。

民警看看那些照片，然后摇摇头，说，还是不能证明是你的马。

怎样才能证明是自己的马？梅四久想不出好的办法。

梅四久开始上访。他先见了乡长，说自己的马在派出所里，派出所不让牵回去。

乡长就到派出所了解情况。派出所所长跟乡长汇报了情况。乡长回头跟梅四久解释，要说马是你的，得有证据。

梅四久不跟所长闹，他没有吱声。

梅四久给马割了草，就去了县里。梅四久坐在了县信访局。信访局的人说，梅四久，你先回去，我马上给乡政府打个电话，让派出所把马送过去，很快，你就能牵回你的马。

看见信访局的人在给乡里打电话，梅四久才肯走出信访局的门。

梅四久回到家，还没来得及开门，派出所的民警牵着马来了。

梅四久问，谁来证明马是我的？

民警说，梅四久，你再不能往上上访了，你不知道，你在市里上访一次，年终测评时，乡里要被县里扣分的，要不然，年底，乡里评不上先进，影响乡领导的提拔。

梅四久根本没有想到事情会这样。

那谁来证明马是我的？

我来证明马是你的。民警说。

梅四久愕然。

还我一只羊

二连浩特到广州的高速公路要经过一个叫肖伍铺的村子，那段穿越肖伍铺的高速公路要建好，得拆掉 30 多户的房屋。

赵梨的房屋也要拆掉。他的房屋是去年冬天才建好的，那么新的房子，就要拆掉了，村子里很多人也觉得很惋惜。赵梨看着要拆的房子，还流了泪。

其他拆迁的房屋户主都在拆迁协议上签了字，不签协议的就只有赵梨。拆迁工作组组长老吴已经 5 次跟赵梨谈拆迁的事。赵梨就是不说话，也不搭理，更不用说签字。最让人不解的是，老吴每次带着工作组的人跟赵梨左谈右谈，赵梨就不说一句话，也不说一个理由。无论老吴和其他成员怎么解释怎么动员，赵梨仍是摇头。

老吴迫切希望找到赵梨不签字的理由。他觉得近 30 户的工作都是自己的团队一家一家做通的。他不能在赵梨不给出理由的前提下实施强拆，让站着的房子倒下来。在开工前，老吴一定要让赵梨在协议上签字。

天气很寒冷。赵梨把烤火当作是打发时间的最好方式，便在火塘生了火。

第 6 次，老吴是单独进入赵梨家的。他没有要工作组的其他成员来。火塘前，他拉住赵梨的手说，有要求，你就提，考虑到你的是新房，在拆迁补偿上可以适当追加点。

听到这样的话，赵梨一点也不觉得温暖。他坐在火塘前还是摇头。就这样，他像打发时间一样地打发了老吴。老吴只得出来。

工作组又开始对熟悉赵梨的人进行座谈，了解赵梨不签字的真正理由。

跟赵梨关系处得好的人中有一个叫陈果的。老吴想在陈果的嘴里找到赵梨不签字的理由。于是很自然地老吴跟陈果见了面。见面后，陈果说，赵梨不是一个想多要国家一分钱的人。陈果还说，赵梨绝对不是那种人，有一回，他把我喊到一个工地上打了半年工，我跟他都让人骗了，老板不给工钱，半年工白打了。他回来后，借了一笔钱给我，说不收下那钱，他心里不踏实。陈果最后说，你们工作组要多做赵梨的工作，赵梨绝对不是多要国家一分钱的人，只是他的脑袋里肯定有一根筋还没有转过弯来。

老吴点点头。

跟赵梨关系处得好的人中还有一个是他的邻居。

老吴又很快找到赵梨的邻居。赵梨的邻居是个女的，叫池禾。池禾男人出去 5 年了，也不往家里打个电话，更不往家寄一次钱的。池禾 5 年来没骂过男人一句。

池禾田地里重一点的农活多半是赵梨给干的。一到要干重活的时候，不用请，赵梨就过来爽爽快快干了。只要活儿一干完，赵梨就回家，池禾怎么也留不住。

老吴跟池禾面对面坐着。

老吴先开了口，说，他赵梨不在签字协议上签字，也不说个理由，你说说看？

池禾说，吴组长，赵梨怕是想要回他自己送出去的一只羊。

老吴疑问，他要在谁的手里要回一只羊？

池禾说，村主任手里。有一回，赵梨坐在我田里，他说一定要要回那只羊。

老吴点了点头，他觉得池禾的话给了他一个提醒。

116　少年梦·青春梦·中国梦——中国故事
　　　[伍中正] 云很白

一年前，赵梨把那只羊送出去了。

赵梨想到了盖房。他要在自己老屋的基地上盖新房。他找了肥胖的村主任。村主任摇头说，哎呀，上面就是不给盖房的证。

赵梨放一只羊出去吃草。羊很肥了，叫声好听，毛色光亮。村主任喜欢上了那只羊。村主任跟赵梨坐在田埂上。村主任笑着说，赵梨呀，你不出去，在家里倒是喂肥了一只羊。

赵梨笑着说，村主任，我就送你半只羊，给我弄个建房的证。

村主任说，送我半只羊？

赵梨说，我是认真的，就半只！

村主任，你就这么认真？

村主任就牵着赵梨的羊回家了。赵梨坐在田埂上看着自己的羊走远。

年底，村主任杀了羊。等赵梨跑过去时，他看见杀羊的师傅在清理工具，地上一滩暗黑的羊血，肥肥的羊肉装了一脚盆。村主任催着杀羊的师傅快点收拾，准备喝酒。

赵梨问，我的那半只呢？

村主任说，你不是诚心送羊吗？哪有送半只的？

赵梨说，那是那是。那我的建房证呢？

村主任说，快来了快来了。

赵梨回来的路上，嘴里一个劲地念，一定要要回那只羊。

一年内，赵梨一直没有找到要回那只羊的理由。

赵梨觉得要羊的理由来了。高速公路经过赵梨的家，房子要拆。赵梨没有想到，自己要回那只羊的时间会这么短。

赵梨下了决心，不签字，也不说理由，除非村主任送一只羊来。

老吴找到了依旧肥胖的村主任。

老吴说，村主任，明天去买一只羊回来一定要买一只羊回来无论花多少钱。

村主任问，老吴，买回来杀了吃？

老吴不说。

羊是村主任从镇上买回来的。买回的羊跟在村主任身后不紧不慢地走着。

老吴跟村主任去了赵梨家。

劈柴的声音很响。赵梨在门口劈柴，劈得一身是汗，一大块柴让他劈成了好几块。

老吴说，赵梨，你不就是要要回你的一只羊？村主任给你送来了。

看见一只羊，赵梨停了劈柴，他像看见了当年自己喂肥的那只羊。

很久了，赵梨问，协议呢？我这就签字！

舞　台

李秀措拥有 800 只羊。

她给每一只羊起了一个名字。每一只羊的名字，她没有写在纸上，而是记在心上。

只要那些羊在草原上雪白地走动，李秀措就开始歌唱。

李秀措白天唱，中午唱，晚上也唱。她没有放弃每一次歌唱的机会。羊群走到哪里，她的歌声就走到哪里。

李秀措的歌声非常嘹亮。往往，她只要一发声，那些羊就抬起头来，嘴里还"咩咩"地叫。她只要一发声，天上的流云，就放慢了脚步。她只要一发声，那些在草原生长着的水草就随着她的歌唱疯狂地拔节。

很多时候，李秀措把草原当了舞台，把那些羊当了听众或是观众。她不止一次地感觉到了眼前有着 800 个观众的宏大场面。任何一个小小的震动，都不会影响到歌唱的效果。哪怕有一阵强风刮过，哪怕有豆大的冰雹砸落。每首歌唱完，她都有一种幸福的感觉，脸上绽放着花朵一样轻松的笑。

李秀措觉得自己站着的舞台是多么的大，多么的结实。无论她站在舞台的哪一处，哪一个点上，她都能稳住自己，就像一朵花开在枝上，找到自己的重心在哪，真实感觉到了舞台的结实，完美。

有时候，李秀措想，要不要那些摇来晃去的灯光无所谓，要不要伴奏无所谓。甚至，那些手里举着字牌嘴里疯狂喊着加油的亲友团，或者众多粉丝，在她眼里，也仍然显得无所谓。

　　李秀措还有一种感觉就是，她的那些羊，如果听不到她的歌声，就没有精神，仿佛长得也慢。草原上风沙大的几天，她的咽喉有点难受，就没唱歌，她觉得那些天，她的羊群老是不听话，走得慢，磨磨蹭蹭，很难赶进羊圈。

　　她还发现，一只叫"小雪"的羊，出栏时走得忒慢，原来是它的脚趾甲间扎进了一粒坚硬的砂子。她把"小雪"轻轻放倒在草地上，一些羊围在她的身边，她的嘴里轻轻地哼唱着轻松的歌，很细心地替"小雪"除掉砂子。"小雪"就在那轻松的歌声里不滚不动。砂子除掉，"小雪"翻一下身，起来就走动自如了，很快就跟那些羊走在一起。

　　夏天，李秀措把自己的羊群放到有着鲜嫩水草的草原。那些羊像一支迁徙的庞大队伍，在她的歌声里，朝着那些水草，有序地走动。

　　夏天，李秀措要离开自己的羊群，到城市去。也就是离开自己的大舞台到电视台的舞台去。

　　李秀措没有放弃这样的机会。她把所有的羊交给了姐姐。她对着姐姐说，那些羊不听话，只听歌，给它们唱歌吧。姐姐笑着答应了她。

　　草原的草在密集地生长。李秀措再把羊圈打开，那些羊一只也不愿走出来。无奈之中，她牵着"小雪"的绵软的耳朵，又唱起来歌，用歌声表达着自己还要回来的心愿，缓步从羊圈出来，那些羊才开始雪白地走动。姐姐看在眼里，一行泪，缓慢地落下。

　　李秀措当着自己的羊群，当着姐姐，流着泪告别。那个夏天，草原上的第一场雨非常的短暂。

　　那些羊"咩咩"叫着，一一抬起头来看她走远。

　　夏天，李秀措成为了一个赛区的优秀选手。站在绚丽的舞台上，她有些恍惚，甚至有些迷茫。她的恍惚和迷茫热心的观众和评委是看不出来的。她把那种找不到重心的感觉掩藏起来。

李秀措浸泡在一个纠结里，很难抉择，很难挣扎。一边是没有灯光音响没有鲜花掌声的舞台，一边是有着猩红地毯有着溢美之词的舞台。

最终，大赛的评委，给了李秀措一个提醒：你的舞台在草原！

那一刻，那双浸着泪水的眼睛在迷离的灯光里看到了草原，看到了雪白的羊群。

当很多的电视观众替她惋惜的时候，当很多的粉丝拼命要她签名留作纪念的时候，当很多的网民发帖寻找她的时候，李秀措唱着歌回来了，回到了草原，回到了宽广。

李秀措接回姐姐看过的羊，又在那无垠的草原开始歌唱，她的歌声在草原上飘荡。

以后，有人开始在草原上寻找李秀措。终于有人找到了她，要她去唱歌，要她去比赛，要她去城里的舞台。

李秀措"咯咯"直笑，然后说，你要找的李秀措早就不在草原了，这里没有李秀措。

那一刻，她的眼里，噙着泪水。

最后的牛

    我们那地方，牛不多。有的三四户人家养一头牛，有的七八户人家养一头牛。一个屋场上就 10 多头牛。

    我和官叔家养一头牛，在我们那里，这是一个特例。原来还有陈皮、花椒跟我们一起养牛的，后来，陈皮、花椒合伙做木材生意，都发了财，搬到城里去了。他们主动提出不种田，也不养牛了。我和官叔还补了些钱给他们。

    牛要好好养，冬天不让冻着，夏天不让晒着。哪家要是死了牛是会让人看不起的，人家会说些不咸不淡的话。那话伤人。

    我们家和官叔家就让人看不起。

    那一年，我们家的一头母牛在春天一口接一口吃多了紫云英。春天，我家田里的紫云英长得特别茂盛。母牛吃了紫云英后，肚子胀得特大像怀了牛崽。官叔看在眼里气在心里，手里拿着一根鞭子，牵着牛绳，使劲地赶着母牛不停转圈。有时候，一鞭子抽得急，母牛冷不防吃了鞭子，就跳起来，样子很吓人。没几下，那母牛转得不耐烦了，就不停地撒稀屎。有的稀屎还砸在了官叔脸上，官叔想，你拉吧拉得越多越好，拉空了肚子就好。

    母牛拉了稀屎之后，体力严重下降。吃草也特别刁，尽恋些嫩草吃。

官叔脾气丑，见不得这场面，还恶言恶语，骂：要吃刀了。

母牛横一眼官叔，还是只吃嫩草，对那些水分不足的草，就是吃到嘴里，也要吐出来。

母牛干不了的活，我和官叔就是有天大的本事，也拿那些没翻耕过来的田没办法。

村里兽医徐毛见了牛吃草的场景，就对官叔说，你那牛的命，活不过秋天。官叔不信，当着徐毛的面说，老子要让它活过秋天。

官叔还和徐毛下了一条烟的赌注。谁要是输了，谁出一条纸烟。

此后，官叔就对牛好。他把牛系在树荫下，还割来一些嫩草。晚上，在燃着的干草上浇上水，让一阵阵的浓烟熏走牛蚊子。

母牛的体质还在下降。

官叔出去找了牛贩子。牛贩子姓姚。官叔从怀里掏出两包纸烟，给了牛贩子，然后说，我那头牛就拜托你了，你认得的牛贩子多，多一个牛贩子多一条路。官叔一口气讲了很多话。归根到底，是求牛贩子。

牛贩子说，官老板，把牛牵到我家里来了，我就给钱，一分不少。

官叔带着这样的好消息，快速地走回来，就跟我说，赶紧把牛牵过去。牛牵到了，就拿钱。

我牵着母牛走上了去牛贩子家的路。

我走在牛的前面。牛走在我的后面。我走得慢，母牛走得慢。

我知道，走到牛贩子家，要翻两座山。那两座山，对我来说，是一段遥远的路，对牛来说，也是一样。

走了不到一里。我听见身后的牛说。小兄弟，我不走了。

我说，牛，你要走，你不走，我就拿不到牛贩子手里的钱。

牛说，我走不了。我要死了。

我说，牛，你不能死。你死了，很多人会看我和官叔的笑话。

牛用鼻子使劲地拉了一下我手里的牛绳。然后，一个趔趄，倒了下去。

牛就死在了路边，死在了那个秋天的下午。

我屁颠屁颠地跑回来告诉官叔，牛死了。我不敢想象，我那话一出口，会不会在官叔的头顶放一个响雷。

官叔说，咋就死了呢？咋就活不到明天呢？官叔显得很平静。他早就预料到了牛的这一天。

官叔自己不抽烟，却在众人面前舍得了一回。官叔在商店买了两条纸烟，走进各家各户，只要看见在家里的男劳力，官叔每人给他一包烟。说，帮忙把牛抬回来。

抬牛的时候，徐毛看见了，他对着走在牛前头的官叔说，我说了，牛的命活不过秋天。

官叔不跟徐毛计较。仍旧抬牛，脸上的汗，一粒粒，豆大。官叔没有跟徐毛说打赌的事，更没有说到那条烟。

官叔匆忙地喊了个杀猪的屠夫。屠夫一到，拿出工具，很快剥了牛皮，然后，用钩子、刀子拉肉和割肉。

那头母牛总共割了三担牛肉。

官叔跟我商量。官叔说，死了牛，让人看不起，所有的牛肉，挑到街上卖。我同意了官叔的想法。

官叔还请了两个劳力，三担牛肉挑到了街上。回来的时候，还有一些筋筋绊绊，官叔说，也没心思吃，就甩到了河里喂鱼。

我跟官叔没了牛。

田要犁了。

我就跟榆木家结对子，找了榆木家的牛犁。我还想说通榆木，也帮官叔犁田。我一提，榆木就摇头。

官叔没有找到犁田的人家。他的田没种。村干部知道后，从别的队里调了牛，才耕耘了官叔的田。

死了牛，官叔倒霉了好些年。

那些年，官叔一直单身。外村人给他提亲，屋场上人就打破，说风凉话。有的说官叔喂头牛都喂死了，往后，看他怎么还养得好女人？

官叔听了，心里凉凉的。

我进报社当记者的那年，有人看上了官叔。那人是槐春。

槐春个子大，官叔见了，心里喜欢。

槐春嫁过来时，娘家用一头青毛牯牛做了嫁妆。

官叔那年总是很神气地牵着牯牛在山里走动，在田埂上走动。

羊子善

羊家庄会木雕的只有羊子善。他雕人物雕花鸟，雕啥像啥，且活灵活现。

羊子善对一些杂树生出好感，好到近乎痴迷的程度。往往，他在树前一站，一盯老半天，舍不得放手。有人问他，咋对一棵树看得那么痴？羊子善用手拍两三下树，笑着走开。

庄里很多人找羊子善雕些小件，他满口答应。往往，来者一块木板或一截木头朝他面前一放，他就说，放下放下。再不说多话。

过几日，那木板上或木头上就有好看的花鸟，或人物，栩栩如生。

羊子善平时喝点谷酒。因此，家里也备有酒坛。每次，他都从坛里用竹提提出半提来，倒在杯子里很有韵味地喝。女人姜丝就劝他，少喝点，酒伤身体。羊子善也不搭理，仍一小口酒一小口酒地往嘴里送。

羊子善不光在家里喝酒，在外面也喝，一喝就上脸，脸上喝得红润、发光。庄外有女人见了，就说，羊师傅，你的脸，那么好看，回去了对着镜子雕下来，肯定卖个好价钱。

羊子善也不生气，回一句，你才卖个好价钱。然后，抿嘴一笑。

羊子善高一脚低一脚回到屋里，对着镜子一看，果然，脸真红。他就着一盆凉水，把那脸上的红洗了个透彻。

羊子善有好几把刻刀。宽口的、窄口的、弧口的，都有。并且每一把刻刀的刀口雪亮。平常，他把刻刀集中放在一个牛皮套里。每隔一段时间，他会一把把排出那些刻刀，在那些刻刀上擦上油，防止生锈。羊子善把刻刀看得很重。一回，羊子善不在家，姜丝就翻开他的牛皮套，拿了他的一把刻刀切了鞋底。鞋底切到一半，羊子善回来，迅速抢过那把刻刀，还对姜丝说，你给我滚！老子的刻刀，是你用来切鞋的？

姜丝泪眼看羊子善，就问，你一把刻刀看得比我还重要？我可是为你做的鞋呃。

羊子善反问一句，你说呢？

姜丝没有说啥，眼里含着泪就开始在家里清理衣服。姜丝背好包出门，羊子善不看她也不拦她。

那一日，羊子善脸上没有笑容。

那一月，羊子善脸上还是没有笑容。

庄里有人劝羊子善，姜丝都走了一个多月了，要么去找她，要么忘了她。

羊子善没有多说什么，在酒坛里提了两竹提酒，倒了一碗，然后就喝，然后倒头便睡。

待羊子善长长短短的叹息过后，就是长长短短的鼾声。醒来，就换了一个人，见什么人喊什么人，喊得极亲热。庄里人再在他面前提起姜丝，他说，还提她干啥。再无二话。

庄里很多人认为，在一些家具上雕刻图案，比较繁琐。渐渐，来找羊子善刻小件的人就少了。

羊子善依然看中他的刻刀，每隔一段时间，他从牛皮套里一把把拿出来，擦上油。

羊子善家里的木刻多了起来。他把那些让他生出好感的杂树锯了回来，然后就在木头上刻。

冬天，天气有些冷。羊子善就把过去刻好的木雕当柴烧。他明白，他在那个冬天，烧掉了很多木雕。

若是柴堆里烧着了刻着鸟兽虫鱼的木雕，羊子善还能听见那些鸟兽虫鱼在火里挣扎，噼里啪啦地叫。羊子善也不惋惜。

　　羊子善就坐在火堆旁，做着新的木雕。羊子善要在春天里完成一件叫"嫦娥奔月"的作品。在他眼里，那是一件很大的木雕。"嫦娥奔月"还没有雕好，就来了一个人。

　　那个人轻轻叩开了羊子善的门。那个人掏出名片给羊子善看，说是专程来请羊子善师傅的，还一个月给 3000 块钱工钱。

　　羊子善摇摇头，说，我不是羊子善，羊子善跟女人散伙后就走了。这里没有你要找的那个羊子善。

　　浙江人信以为真，摇着头就走了。

　　羊子善倚在门边，觉得好笑，自己的这点木雕手艺，还值得让一个浙江人大老远跑来？

　　羊子善又开始雕他的"嫦娥奔月"。低矮的屋子里，他有和嫦娥奔月的感觉。

　　没过两天，那个浙江人又轻轻叩开了羊子善的门，开口说，羊师傅，我们公司派我专程来接你的，你要不走，公司会再派人来，直到把你接走。

　　羊子善没有让那个人看见"嫦娥奔月"，就在门口说，我跟你说过了，这庄里没有羊子善，他跟女人散伙后，早就不住庄里了。

　　浙江人半信半疑地走了。

　　一条高速公路经过庄里，羊子善低矮的房子在拆迁范围。

　　来庄里丈量房屋的是国土所的工作人员老张。老张喜欢木雕。

　　在羊子善家里惊讶着老张拉着羊子善小声说，羊老板，我想买下你的那件"嫦娥奔月"。

　　羊子善摇头说，那是我的心血，不卖。

　　老张又说，羊老板，卖了可以再刻。

　　羊子善说，以后房子拆了，住在安置房，就没有这个认真劲，也刻不好了。

老张把嘴凑到羊子善的耳边说，羊老板，我可以把你的房屋面积量大点，只要，你肯卖了"嫦娥奔月"。

羊子善想想低矮的屋，看看"嫦娥奔月"，点了点头。

老张给羊子善的承诺兑现。羊子善的屋，对比庄里其他屋，拿到了最高的补偿。

明亮的安置房里，没有了"嫦娥奔月"，羊子善觉得室内空荡荡的。

羊子善找出那个牛皮套，用笨拙的手一把把拿出刻刀，他才发现，那些刻刀上有了浅浅的锈迹。

洗　脚

　　我还没有回家，半路上就让孙红塔给截住了，他拦住我打的出租车，做了两遍让司机掉头的手势。

　　司机拗不过他，只好掉转了车头，只好拉开车门，只好让孙红塔上了车。

　　洗脚去洗脚去。孙红塔坐在车上，嘴里不停地说。

　　还是那个孙红塔吗？一路上我在想。

　　孙红塔就是我们那个村的村主任孙红塔，没出过远门，当主任一年后，孙红塔对村里的干部和组长说，走，去葛洲坝看看。他每次说那话都底气十足。

　　每次说起到葛洲坝看看，就有干部不满，当着他的面说，孙主任，下回，你真要带我们去了，都让你哄了好几回了。

　　孙红塔听了，红着个脸，一笑。

　　孙红塔那天听收音机，说有个村的村主任，拿着村里的钱游山玩水，结果掉了职。

　　孙红塔再不说带着干部和组长去葛洲坝了。

　　后来，有个组长，自己掏钱，去了葛洲坝。回来后说，孙主任，葛洲坝气势大呃。他就说一句，再不往下说。孙红塔支棱着耳朵听，再没听到

　少年梦·青春梦·中国梦——中国故事
　　[伍中正] 云很白

下文，样子急急的。

那个组长说，你自己花钱去一趟！孙红塔瞥一眼组长，然后狡黠地一笑。

天还没黑尽，城市边沿的灯光就强烈起来。一直以来，我习惯了这种灯光的刺激。孙红塔会习惯吗？他要带我到哪家洗脚城？出租车在向洗脚城靠近。

孙红塔的手臂让田三皮砍了一刀。

田三皮很少住在村里，多半在城里。那天，他约了几个黑道的人来捕孙轻卡塘里个头大的鱼。

孙轻卡的黑毛狗汪汪地叫，叫声打破了村庄的宁静。他不敢做声。

孙红塔看见了，说，孙轻卡，那是你的鱼呃。

孙红塔就报了案。田三皮就进了派出所。第二天，田三皮从派出所出来，拿了把雪亮的砍刀，就对孙红塔下手。孙红塔手一举，砍刀果断地落在手臂上。

孙红塔说，田三皮，我愿意挨你一刀，你走远点儿！

田三皮收了刀就走。孙红塔的手臂看样子伤得不轻，他一路用手捂着，走到了村医疗室，缝了几针。

孙轻卡跑过去看，看着看着，就过意不去，说，孙主任，你是为了我才挨的刀，年底，鱼起上来，再过来谢你。孙红塔说，不用不用。

大热天，孙红塔一件皱巴巴的短袖衣衫穿出来，有人看见孙红塔手臂上的刀疤，就说，田三皮那一刀不轻呃。

我也看见过他手臂上的刀疤，就在他挥手示意村干部拉我家猪时。

孙红塔示意司机停车，并用手指了指一家洗脚城。

孙红塔怎么也不让我付出租车费。他拿出一张大钱，静静地等司机找了零，才对我说，小子，走吧。

我有点不情愿地躺在了睡椅上，漂亮的小姐就抓住我的脚洗起来，我闭上眼睛，尽情地享受孙红塔给我花钱买来的舒服。

那年秋天的下午，村主任孙红塔领着村干部来我家拉猪抵费。娘对他说，你拉吧。

我说，只要我在，你孙红塔就别想拉走我家栏里的猪。

娘说，让他拉吧，你有本事，就出去。

孙红塔跟着说了一句，你有本事就出去。

我走的时候，骂他，孙红塔，你当不了一辈子村主任。

背后传来的是孙红塔的声音：小子，你有了本事，再回来让我瞧！

我快速地在那条高低不平的村路上走着。路边的一棵柳树上，一只躲在树阴里的蝉在尖锐地叫。

我去了隔着很多乡村的城里。

我在城里的一家报社做起了记者。我的名字不断地在报纸上出现。

我也不断地得到孙红塔的消息。

最初是田三皮那年年底给他道了歉。三皮说，要是你孙主任报了案，我三皮就进去了。

接着是孙轻卡送给他的鱼，他没要，一半给了孙势微，一半给了孙如丝。那是村里最困难的两户，也就是年年让县里书记和县长挂念的两户。

再就是他在交通局跟局领导拍桌子，不给村道硬化指标就不走人。局领导考虑了很久才给了指标。孙红塔在城里找了一个 20 多人组成的施工队，风风火火地修起了村道。

社领导安排我去写写这个村主任，写写这个孙红塔。

我必须回到村里。在此之前，我给娘打了个电话。

孙红塔很快就知道了我要回来的消息。

孙红塔跟我并排躺在睡椅上让年轻漂亮的小姐洗着脚。他侧着身子对我说，小子，我就对你说三件事。第一，你要回来的消息，是我从你娘那里得来的。第二件事，那一天，我回过头来给你道歉，你跑了，好在你跑了，不然，我会在村里愧疚一辈子的。第三件事，洗完脚，请你喝一杯。

出来时，我说，孙主任，我还要写写你，请你喝两杯，就两杯。

孙红塔一听，笑着说，你别写我，要写我，我就只喝一口了。

阻 工

派出所所长安排我下到土豆村。

我在土豆学校住下的第一天，仍然想起所长的那段话：为防止村民阻工，要和村里的干部一道筑紧防线，也就是无论如何也不能出现长时间阻工，影响到高速公路建设。

说实在的，我对土豆村没有底，对土豆村的干部没有底。说得具体点，就是对村主任骆铁没有底。在乡里召开的协调会上，我跟骆主任挑明：土豆村的压力要是很大的话，我可以请求所长，多要两个年轻干警。谁知骆主任一脸不屑，还一口回绝：干警多，阻工会更厉害。我看着骆主任，半天说不出话来。

第二天，就听到村里人在议论：土豆村的人绝对没有村干部想象的那样坏；土豆村的人再怎么坏，也不用乡派出所派来一个干警常住村里。

我知道，那些议论是冲着我来的。我没有把这些话讲给骆主任听，只是渐渐意识到土豆村暗藏的复杂。

工地上有几台刷着黄色油漆的挖掘机在挖土，很打眼，身上还冒出黑黑的烟来。有一群人像是在看热闹，站在离挖掘机很远的地方看它一口一口地吃那些土，又把那吃下的土吐到车上。我以为那群人会阻工。很快，那群人就散了。

我在土豆村住到第三天，挨近中午，工地上出事了：柳四禾出来阻工。

挖土机的颜色仍然很打眼，很打眼地停在工地上，头顶再没有冒出黑黑的烟。在现场，我看见了骆主任，也看见一脸络腮胡的柳四禾。

柳四禾站在推土机前不肯走。看得出来，他有死活不肯走的意思。

骆主任看见了我，连忙跟我解释：伍干警，不关你的事，柳四禾是在气头上，过一会就没事了。

现场很安静。我把柳四禾拉到一边。然后听着柳四禾的叙述。

柳四禾说，村里的骆铁帮了我的倒忙。测路的时候，骆铁从我家门前过，我还拉着他在家里吃了一只鸡。他提示过我，高速公路从我的那块空地里过，要我把另一块地里的树苗移栽出来，到时候，就可以拿到更多的青苗补偿。到修路时，奇了怪了，高速公路却经过我转出树苗的地，我白转了那些树苗。不阻一次工，我心里不舒服。

我完全听明白了柳四禾的叙述。没有拿到补偿款，还那么快就转移了树苗。我能感觉到他心里的不舒服，甚至不平衡。

我问柳四禾有什么要求？柳四禾说，就一个要求，想吃他一只鸡。答应了，这事就了了。

我对柳四禾笑笑，然后说了两个字：容易！

柳四禾就头也不回地走了。我远远地看见骆主任始终对着我笑。我走向骆主任，让他通知那些开挖掘机的师傅开工。很快，工地上又响起了挖掘机的声音。

下午，我坐在骆主任家门前的枣树下。枣树上的枣暗自红着。有鸟在啄枣，啄下几颗红到一半的枣来。

骆主任不嫌枣不干净，捡上几粒就吃，还嘎巴嘎巴嚼出声来。吃完，他就感叹：土豆村的人帮了我！柳四禾更是帮了我！

骆主任的眼里滚动着泪水。

我知道，骆主任的叙述就要开始了。

骆主任说，那天，村里来了测路的人，正好，柳四禾进城打工去了。

我问来村里测量的负责人，那条路是不是一定经过柳四禾的那块树苗地？负责测量的人的回答很肯定。我心里就盘算着，怎样让柳四禾先移走那一地的树苗？测量的人一走，柳四禾回来了。我把高速公路经过土豆村的事实告诉了柳四禾。当时，柳四禾追着我问，那条路经过不经过他家的树苗地？我一本正经地告诉他不经过，倒是经过他家的那块空地。柳四禾一听就急了，他说，那我赶紧把树苗一根根移栽到空地去。我对柳四禾说，赶紧移。柳四禾欢天喜地说，吃了鸡就移。很快，柳四禾杀了一只鸡。一只喷香的鸡，就我跟他一块吃。他夹着一块块鸡肉很客气地朝我碗里放。他放一块，我吃一块，吃得我额上冒汗。没想到，柳四禾的树苗移栽完。修路的工程队就来了，他才发现自己一地的树苗白移了。

骆主任的叙述完了，他又捡起一颗半红的枣往嘴里送，同样，嘎巴嘎巴嚼出声来。

我跟骆主任说，柳四禾跟你提了一个要求。

我对骆主任毫不保留地说了那个要求。

骆主任嘴里嘎巴出一字：行！

柳四禾坚决要在骆铁家吃鸡。他把我也一起拉上。骆主任炖了一锅鸡。他夹起一块块的鸡肉很客气地往柳四禾的碗里放。他放一块，柳四禾就吃一块，吃得额上冒汗。

骆主任停了往柳四禾碗里放鸡肉。他说，四禾兄弟，上次你移那些树没要青苗补偿，在村里开了个好头，你才是好人呐！以后还阻工？

柳四禾放了碗筷，用纸揩揩嘴上的油腻，然后说，不阻工了。

我看见柳四禾把嘴上的油腻揩得很干净，他站起身，就走了。

修那条高速公路，柳四禾再没有阻工，也没有其他人出来阻工。

在我看来，在土豆村派干警来维持高速公路的建设秩序，是显得有点多余。

这是我躺在土豆学校的床铺上想到的。

包　装

　　王老板是从山窝窝里摸爬滚打走出来的，在城里开了一家不大不小的公司。

　　王老板想包装一下自己。开春的时候，王老板就有了这样一个想法。

　　王老板先从别人包装起。包装谁呢？王老板费了不少脑筋。

　　王老板包装的不是别人，是自己家乡的一个学生。

　　那学生姓向，叫向小禾。

　　向小禾夏天参加高考，考了最高的分。

　　那几场考试下来，向小禾自己也没有想到会考那么高的分，录取向小禾的学校是杭州大学。

　　向小禾考完后就在家里一天天干着农活儿，收粮就收粮，收豆就收豆。

　　向小禾的娘说，小禾，你考了那么多的分，简直是害娘，娘想让你读大学，钱不让你读呃……

　　向小禾说，我不害娘，我考那么多分，不全是想上大学。

　　娘又问，不想上大学，你又考那么多分干啥？

　　向小禾说，让村里的人看看，我向小禾还真行。

　　眼看着就要开学了，向小禾想，开学不开学与自己无关。

王老板走近向小禾的家门前，向小禾在晒谷子，那一粒粒金黄的谷子，晃着王老板的眼睛。

　　王老板喊了两声：向小禾。向小禾。

　　向小禾看了一眼王老板，说，在。在。

　　王老板说，小禾呀，我王老板不缺钱，就缺文化，你大学四年的学费我全包了。读完大学，就在我的公司里干。

　　向小禾点了一下头。

　　王老板走的时候给了向小禾一张名片，说，你走之前，到我的公司去，机票我给你订，公司的电话和地址在上面。

　　向小禾上学前两天，找到了王老板。王老板气派地坐在皮椅上，拨通秘书的电话，让秘书给了向小禾三张机票，秘书说，一张是你爹的，一张是你娘的，一张是你的。这一期的学费我们老板直接给你汇到学校去。

　　向小禾拿着三张机票就回来了。

　　向小禾说，反正爹不在了，娘，这辈子你还没坐过飞机。这次就坐一回，爹的那一张，我们就把它卖了做娘回来的路费。

　　小禾娘同意了。

　　向小禾就跟他娘上路了。

　　路上，向小禾又改变了主意。向小禾说，娘，我把这三张机票都卖了，坐火车过去，这学期的生活费就有了着落。

　　到了机场，向小禾就把机票全卖了，打了两张火车票。

　　临走，向小禾的娘说，小禾，山高水远的娘就不用去了，这钱也来得不容易，你就一个人去，那张火车票也退了。

　　小禾娘执意不去，向小禾就把那张火车票也退了。

　　小禾到了学校，还没来得及报到，就见王老板急匆匆地走了过来。王老板后面还跟着一男一女，男的扛着摄像机，女的拿着话筒。

　　王老板对小禾说，我们在机场等你，等了几班飞机也不见，咋回事？

　　小禾就说了退机票的事。

　　王老板满脸不高兴，愣了半天，又挤出笑容，对小禾说，和两位记者谈谈你的感受吧。

小禾说，谢谢王老板，毕业以后，如果王老板赏识，我会为王老板的公司效力。不过我不想让社会和学校里知道这件事。

这……王老板一急，只好说，配合我们宣传，就是最大的效力，从现在开始吧。

小禾说，王老板，我不懂什么宣传，我只想好好读书。

王老板的脸冷下来，对摄像记者一挥手：停！

王老板失望离去，小禾心里也很不是滋味，毕竟，王老板帮助了自己一回啊。王老板可能不会再帮助他了，以后怎么办呢？

那天，向小禾一下子体会到了生活的复杂。

三百零五张字条

　　小禾的皮鞋无声无息地搁在办公室有三年了，也就是说小禾有三年没穿皮鞋了。小禾一见那双皮鞋就无奈地笑一下。

　　小禾大学毕业后分到乡政府工作，他负责联系蛤蟆坝村。

　　小禾第一次到蛤蟆坝村，脚穿一双皮鞋，其实，那不是一双上等的皮鞋，那是在大学里没穿烂的皮鞋，丢了又舍不得，小禾那天穿上了它。

　　小禾先跟村里取得联系，正好那天蛤蟆坝村的头头脑脑都在村里碰头，小禾就认识了村支书。村支书看了看脚穿皮鞋的小禾，没多说什么。村主任看了看脚穿皮鞋的小禾，也没多说什么。会计看了看村支书，又看了看小禾，忍不住笑了一下。只有妇女主任看着脚穿皮鞋的小禾，像发现了什么，随口说了一句：头一个咧。

　　小禾头一次发现，村里的干部都不怎么跟自己说话，小禾问啥，他们就答啥；不问了，他们不做声，小禾有点纳闷。

　　听联系过蛤蟆坝村的干部上官说，这个村的群众基础很好，怎么自己一来，他们都不说话？小禾带着疑问回了乡政府。

　　就在小禾回乡政府的第二天，村里召开了村民大会，村会计给每户发了一张字条。会计发完，村支书就说，等乡里那个年轻干部一来，每个农户按顺序，在他进村部睡觉之前，把这张字条塞进他的房间。

村支书交代完，会就散了。

小禾再次请教上官，上官只看了一眼脚穿皮鞋的小禾，顺便一问，你是不是穿着皮鞋下村？

小禾点了点头。

上官说，下回你穿胶鞋就是。

小禾无奈地笑了笑。

小禾买了一双胶鞋，等下一次下村穿。

村支书着手安排小禾的住宿，他在村部让出一间房子让小禾住，人家毕竟是乡干部，床铺被子都替他准备好了。

就在小禾下村的当天，村支书对小禾说，村里特地为你准备了一间房子，省得你跑来跑去。

小禾说要看看。

村支书就带小禾看了看那间房子。小禾说，这间房子合适。

小禾这天没回乡政府，就在村部住下来。

小禾进房，发现地上有一张字条，字条上写着：我们不喜欢穿皮鞋的干部。

小禾一笑，嘴里说，谁穿皮鞋了？

小禾没把这个发现告诉村干部，也没有向乡里反映。

以后，小禾觉得村干部的话也多起来，有什么说什么，一点也不隐瞒。

小禾每次都穿着胶鞋下村下农户，或问寒问暖，或送柴米油盐，大家都小禾子小禾子的喊，小禾就快快活活地应着。

只是小禾每次下村回来，开门发现地上总有一张字条，并且字条上仍写着：我们不喜欢穿皮鞋的干部。

这到底是怎么回事呢？小禾自己也说不上来。

蛤蟆坝村年底评上先进村，小禾感到很高兴，自己一年没白来。

第二年，蛤蟆坝村又是先进村。

第三年，蛤蟆坝村再次评上先进村。

三年内，小禾换掉了一双又一双胶鞋。小禾把那些字条叠在一起，数了数，共有三百零五张，小禾想，这是全村人的心愿。

小禾不再联系蛤蟆坝村了。临走时，村民们来送小禾。

小禾说，自己在蛤蟆坝村三年，只是有一点弄不明白，那三百零五张字条是怎么回事？

村民们闭口不说，还反过来问，哪有什么字条？

这时，一个村民拿出一双胶鞋来，说小禾进蛤蟆坝村几年，没什么送的，就送一双胶鞋。

小禾望着眼前的村民说，我会把村民的意思带到乡里，走到哪我也不会穿皮鞋；这三百零五张字条我也会带到乡政府，发给乡里的干部。

老 桑

学校虽小，但工友不能少，老桑便是一个。

老桑最初经齐老师介绍才进学校，后来，齐老师调走，老桑也要求走，老校长看在学校工友少，就决定留住老桑，一留，便留住了。

老桑婆娘几次来信，说，回家种田，留在学校也没多大出息，况且，学校庙小，拴住一个男人……老桑一看信，只得一狠心，老桑决定在学校弄饭种菜喂猪。

先说弄饭。

老桑深知弄饭辛苦，却不能放弃。学校有人愿吃咸菜，有人愿吃辣菜，可谓众口难调，菜太咸了，难以下肚；菜太辣了，辣舌头辣心。

老桑后悔过几次弄饭的失误，不是饭没煮熟，就是菜中盐下得太少，黄老师私下里撇嘴，是不是该换人了？

有老师前来打饭，一尝饭菜，就只看老桑一眼，老桑头上脸上身上都出汗，觉得自己对不住众老师。

一日，老桑一声号啕。老校长前去问为何？老桑只说，对不住老师，便没二话。

事后，众老师不与老桑为难，倘若饭菜不好，脸色也好看地摆着，省得老桑想不开。

学校老师多为民办教员，居家离校不太远，几次都看着老师一个个回家，老桑想出一个主意，老桑便找老校长商量，前阵子没经验，让老师吃不好，也没心思教学生，自己愿赔个不是，也愿意自己出钱请老师吃顿饭。

老校长看看知事达理的老桑，心中佩服老桑为人。

星期天，除请了假回家的老师外，老桑一一请到，自己辛苦做了两桌饭菜，饭自己烧，菜自己做，格外小心谨慎。席上，老师们见老桑诚心诚意，心意便领了。

吃完，众老师答应都凑钱。有老师认为让老桑一个人出钱不合适。老桑硬是不答应，往后，老桑做饭做菜，老师们再不计较。

再说种菜。

老桑跟校长商量，学校后面有块地，四季可以种小菜。

老校长眉头一皱，老桑，依你的意思是种点菜？老桑点头。

老校长说，是不是让学生劳动课时开过来？老桑不依。星期天，老桑不回去，老桑婆娘找到学校，当面发老桑的火，老桑只摇摇头。

老桑找来锄头，抽空刨开地，去掉草，又从学校厕所里掏来粪，再从铺子里弄来菜种，菜就算种下了，并且一茬一茬地长出来，吃了冬菜吃春菜，吃了伏菜吃秋菜，今年吃了明年再种，老校长佩服老桑，真是个会干的人！

学校种了菜，又节约开支，划得来，老师的生活也一顿顿好起来。老师们吃着老桑种的菜，便觉得老桑不是外人。

老师们天天吃着老桑种出来的菜，也觉得对不住老桑，大小的活儿他一个人担着，老师们心里不好受，众老师又找校长商量，老桑工资太低，人又这么好，肯干，是不是加他的工资？老校长点头。

下月发工资时，老桑的工资没多拿一分，照样弄饭种菜。

再说喂猪。

食堂备有潲桶，剩菜剩饭集于一桶，没两天就有一大桶，再过些日子就只好倒掉，老桑看着那一桶桶潲水，便想到喂猪，学校二十多位老师的生活，淘水米汤喂得两头猪来，老桑把这想法跟老校长说。老校长说，你看着办吧。

嗯！老桑就一字。

节假日，老桑去集上买猪仔，一次没买到再买一次，近处没买到远处买，两头仔猪哼哼叽叽地进入学校，老桑心里才踏实一半。

学校没给老桑买仔猪的钱，老桑暗地里垫着，等猪一长大，老桑真忘了自己垫过买仔猪的钱。

寒假还没放，众老师忙着回家过年，都不愿看校。会开了一次又一次，意见不统一。最后老桑和校长商量，老师们教书辛苦，自己喂的两头猪也肥了，拉出栏杀了，分给老师，自己愿意留下来看校。

杀猪那天，老桑请来一个年轻力壮的屠夫，两头猪杀下来，又一块块肉砍好，天还早。

肉摆在案上，老桑说，各位老师，看中哪块提哪块，我要最差的。

肉一分完，老校长突然想到一件事，只好叫住老桑，猪仔钱是你垫的，你也要好的，不能太亏你。老桑回过神，问校长，啥咧，猪仔是我儿子送的。老校长只得唉唉。

寒假一放，看校的当然是老桑了。学校四周围墙不高，且年久失修，又怕小偷进校骚扰，危险处加高以外，又将铁门牢牢锁住，生怕丢了什么。

过了一夜，天放亮，老桑起得早，又到处走走看看，什么也没有丢失和破坏。

第二夜，是如此。

第三夜，是如此。

第七夜，是如此。

……

老桑也想到过年了，过年了，学校就热闹了。

忽一夜，天空下雪，雪下得很大很厚，风也呜呜地叫，老桑的住处让雪压塌……

老校长整天惦记老桑，等自己发现老桑，老桑的身上结了一层寒冰。

整个学校的老师，那天没上一节课，打钟的老师，将钟打得格外低沉，目的是悼念老桑，老桑是为了大家才死的。

老校长从家里运来老父亲的棺木，让给老桑，说老桑这人活一辈子不简单，也真不容易，一副棺材，自己舍得。

老校长买了鞭炮买了纸，燃了鞭炮又烧纸。为的是老桑去的路上不寂寞不冷清。

乐班是学校的老师凑合成的，抬柩的人是老师出钱请的，每人一双解放胶鞋，一条毛巾，还吃上等饭菜。

鞭炮燃过几次后，老校长说，该入殓了。

又一挂鞭炮响过后，老桑就上路了。

埋葬老桑的那地方确实是一块空坪隙地，与这边的学校相对。

有学生上学，经过老桑墓旁，望望坟上的草青了，青草上开满了花，花落了，又捧捧坟土，想看见学校的老桑。

鸦　雀

　　太阳山耸起脊背往东斜下来，山脚下有一村曰肖伍铺，村不大，才十五个组，组以姓分，多为一姓一组，十五组姓张，鸦雀便是张姓中人。

　　鸦雀身体有两个特点，其一是矮，其二是瘦。先说矮，鸦雀不是特矮，刚好四尺五寸，整组成年张姓人在禾场上集合站立，最矮便是鸦雀。若是哪儿来了演猴戏的，或有热闹看头的，张姓人便让鸦雀坐前面站前面，鸦雀也不推辞，嘿嘿笑两下，就坐就站。再说瘦，鸦雀不是特瘦，不是那种骨瘦如柴之人，鸦雀大热天赤膊一打，露出肋骨根根醒目。往脸上看去，两个眼眶放得下鸡蛋。

　　有了身体上的这两点，鸦雀也沾过张姓人不少便宜。担不动的担，队长看看鸦雀，口中一句，让别人。往远处发劳力干活，队长没派鸦雀一回，为的是莫出张姓人的洋相。

　　鸦雀做事极为认真。冬天里放牛，只有鸦雀放得好，冬雪盖下来，厚厚的一地，牛卧在栏里等水喝等草垫，只有鸦雀一捆捆草一桶桶水朝栏里背朝栏里提。队长见鸦雀就说，只有鸦雀好思想，疼牛！鸦雀就回话，人畜一般，不上草不上水，也要饿死冻死。

　　田地落户，最苦要算鸦雀。

　　鸦雀劳力不大，挑不动担不动，常常是一担秧从苗田挑到大田，还歇几肩；常常是一担谷从家里挑到碾房三步一晃四步一偏，半天才回来。鸦雀有空就把娃叫到身边叮嘱，娃，不读书，踩泥巴田没得出息。娃听着就出了眼泪。

鸦雀儿子极听话，在学校读了书，回来还帮鸦雀犁田耕地。鸦雀高低不让，嘴里还说，一边去，累死爹应该，书不让娃读进，是爹的罪。

那娃也跟着掉泪，日后便把书上的字，往肚里咽，往脑壳里记。

那一年，鸦雀为儿子学费犯难，老师停了儿子的课，儿子耷拉脑袋回家。

鸦雀一见，便在猪栏外站了一刻钟，对那头哼来哼去的猪动了一番脑筋。回头劝娃，娃，过年少吃几片肉。

第二天，逢肖伍铺的场，一头猪钱回来就让娃拿去交了学费，想到千把食万把糠喂大的猪，鸦雀流了一会儿眼泪。

那一年高考，全村就鸦雀一个娃中了榜。大学录取通知书发到家里，又矮又瘦的鸦雀，脸上摆出笑来，口里还一句，爹没用，弄个儿子还出息了。又打酒又称肉，接乡里乡亲吃了一通酒。那半月，鸦雀脸上就一个笑字。

临近上学，队长村长都到鸦雀家里送恭喜，鸦雀当着队长村长的面开口，队里村里想读书的娃多就好了。

队长村长听后好感动，村长还说，有些事，鸦雀想到了，当干部的咋没想到？

村长回村，便采取鸦雀的建议，若是谁家的娃考取大学，村里就拿五百块钱奖金，并免除全年义务工。

那一年，鸦雀的义务工全免，可到冬修水利时，鸦雀还是一担箩筐一根扁担地出门。

鸦雀儿子大学毕业自愿到乡中学教书，儿子接鸦雀到学校守门，鸦雀说，两亩田栽得下来，看门就不去了。

鸦雀看看儿子，没依他的。

儿子看看鸦雀，依了他。

陈思民

　　我一直关注本市晚报关于城市道路改造跟交通组织的报道，那些报道牵系着我的神经。

　　我这样的关注出于我的一点私心。理由是，我的二哥陈思民在交警大队工作，并且负责着宏大路口的执勤。

　　我不得不关注陈思民我的二哥。两年前，我喜欢的二哥就不和我们住在一起。他在城里的一个中档小区租了房，和我嫂住在一起。家里有什么事，都是打电话相互告诉的。逢年过节，我嫂才跟二哥欢欢喜喜回家来。

　　那段时间，很多市民关注的是宏大路口的交通，关注的是路口执勤的交警。7月中旬的一份晚报上报道，武陵大道实施半封闭状态。宏大路口的交通压力更大，稍有不慎，堵车的情况，就会发生。晚报记者提醒市民遵守交通规则，平安出行。

　　宏大路口是市民对武陵大道和洞庭大道交汇处十字路口的俗称，因为路口附近有宏大宾馆而得名。宏大路口是城市的重要交通枢纽，无论人流还是车流，都是最多的。

　　接手宏大路口执勤的那天。我的二哥就通过一个电话告诉我，他说往后会很忙，没有什么特别的事，最好不要在执勤时间打他的电话，打了电话，他也不会接。

少年梦·青春梦·中国梦——中国故事
［伍中正］ 云很白

二哥在电话里说得很清楚，也很明白。我听得出来。

在此之前，二哥在电话里告诉我，城市的很多条道路将进行改造。改造后，城市会变美，很多道路会设置相应的红绿灯，到时候，交警的工作将变得轻松。我相信，二哥的信息比我可靠。我为二哥给我的信息感到高兴。

那段时间，我没有什么事对二哥说，自然也就没有打他的电话。

8 月上旬的一份晚报，引起了我极大的兴趣。

本市 8 月上旬的一份晚报，刊登了一张晚报记者在宏大路口拍摄的人物图片。图片的画面是一位交警在宏大路口执勤，照片很打眼，那是我二哥打着非常标准的手势在执勤。图片的配文是这样写的：昨日，市城区武陵大道、洞庭大道交通压力有所缓解，交警部门从各县（区）大队、政法委、186 调派了力量增援。图为交警在宏大路口执勤情景。

那天，我暗暗地佩服了我的二哥一把。

我有一件特别想对二哥说的事，也有要立马告诉他的欲望。

那件事是我恋爱了。我的对象是宏大宾馆附近一家餐厅的服务员。她看见我二哥每天都在宏大路口执勤，看样子非常辛苦。我愿意把这么好的消息和我对象对二哥的看法告诉二哥，让他也跟着一起高兴。过去，他多么希望我早点恋爱早点结婚。但是只要我一拿起电话，我就想到他给我的电话，给我的提醒，我就手指就不敢按键，也就慢慢放下了话筒。

一个多月来，我就打给二哥一次电话。那次通话记录特别简短。二哥说，有什么事，快点说，我还在宏大路口处理一个摩托车跟一辆小车的剐擦事故，就不跟你说了。

那次电话是晚上 10 点钟打的，我估摸着，晚上 10 点，二哥不会在宏大路口执勤了，怎么还在处理事故？打完电话，我想，这么下去，二哥会累到的！

二哥在中午倒下了。晚报的记者当时就在宏大路口采访。记者非常平静地采访了目击者，还非常专业地拍下了二哥倒在地上的场景。

我在翻看本市 9 月份的晚报时，正好看到了刊登二哥倒地消息的那份。

晚报的叙述是这样的：昨天中午，气温高达 39 摄氏度。在宏大路口执勤的交警陈思民从当天的凌晨执勤到中午 12 时，终因体力不支倒地。据目击者称，陈思民在倒地前不停地打着手势，吹着口哨，为车辆和行人放行，倒地时浑身湿透。据陈思民所在大队的大队长介绍，陈思民是条铁汉子，自武陵大道路改以来，陈思民一直在宏大路口执勤，夜宿路口是常有的事，连日高强度的工作，让这条铁汉子倒下了，我们感到很痛心。我们希望他能很快好起来。

本报第二版还刊登了交警大队和育英小学四年级学生在医院慰问我二哥的报道。交警大队的队员和育英小学的少先队员手持鲜花献给病床上的二哥。我的二哥感动得热泪盈眶。

那一刻，我有打电话给我二哥的冲动。

我迅速地拨通了二哥的电话。

电话那头说，我在赶往宏大路口执勤的途中，别再打电话干扰我！听着没？

二哥迅速地挂断了电话。

接着，我给我的服务员对象打了个电话，说，帮我看着点陈思民，他从医院里跑出来又去了宏大路口，那也是你的二哥！

翻　车

　　那个冬天的下午有点特别，我意外地接到了村里发煤叔打来的电话。

　　要在往常，我是绝对没有很多电话的，尤其是发煤叔打来那么多的电话。就为一件事情，发煤叔一下午用手机给我打了好几个电话。我以为他疯了。

　　这几年，我跟发煤叔的联系没有间断。每年中的某几天，发煤叔都会想起来跟我打几个电话，说些对我来说有点瓜葛或者无关紧要的事。在一个电话里，他从说村里谁家的狗咬了人，谁家的主人不愿给被咬的人出打预防针的钱说起，接着说到那个叫苏和尚的兽医一刀子下去，把谁家的小母猪弄死了。在另一个电话里，他从那个叫海棠的女人在屋后设置了一张网捕那些飞来飞去的鸟开始，接着说到有人拿着砖块砸了村主任家的窗户。

　　有一回，我对发煤叔说，你往后打个对我有用点的电话，在电话里说个对我有用的事，你看行不？我把这个想法说出后，我怀疑自己是不是冲撞了发煤叔？

　　发煤叔好像听出了我的不耐烦，想跟我解释又没解释。最后，他在电话里保证，等有用的事到了，一定打电话给我。

　　发煤叔在电话里有些焦急地告诉我，说我原来承包的那块水田里翻下了一辆卡车，车主的一车砂卵石散落在田里。这回的事对我有用，肯定有用。

在电话里，发煤叔说的每一句话，他都恨不得加重语气。

我不知道发煤叔的手机是不是有问题是不是没电了。他说完这句，我就听不到下文了。

发煤叔的电话让我揪心了一会。同时，我觉得那个冬天的下午特别漫长。

车怎么会翻在我田里？我那块田里有史以来没有翻过一次车，是不是发煤叔搞错了？再说，我进城前，把路边的那块田让给了长富叔。就是车不小心翻在了田里，也应该找长富叔去处理。我还是觉得，发煤叔的电话对我没有一点作用。

过了一会，我又接到发煤叔的电话。发煤叔说，长富跑过去了，两条腿跑得很急。他在跟车主撕破脸的要钱。不给钱，长富死活不让用吊车吊起来的卡车走。

话还没说完，电话里没有声音了。可能是发煤叔挂断了。

我还没有进城前，长富叔就看中了我的那块田。那块田挨近公路，水路好，种啥长啥，他愿意承包下来。长富叔提了两瓶酒还特意到我家来跟我说那块田的事。他跟我讲，要是进了城，无论如何，得把那块田让给他种。看着长富叔死心塌地要种那块田的样子。我答应了长富叔。

那年春天，长富叔就在那块田里耕种。一种就是好几年。

那天下午，我的电话好像就是为发煤叔准备的。

那天下午，发煤叔就只给我打电话。

发煤叔又一次打通了我的电话。发煤叔说，车翻在田里，压毁了田埂，田里还落了不少的砂卵石。长富平白无故地拿到了一笔钱。车主赔的那笔钱不应该长富拿，应该我来拿。

说完，电话又断了。

我觉得好笑，长富叔没有理由要车主赔啥钱。车主也没有必要给长富叔钱，他只要找几个人把那些砂卵石挑走，把田埂修好不就没事了。一个在外面跑运输的车主还找不到几个人？

我觉得长富叔是没事找事，弄不好还会出事。

钱不是好东西。长富叔，你要啥钱？我在替长富叔后悔。

果真出事了。

发煤叔的电话再次打给我时，我知道，翻车的事情真的闹大了，必须回去。

我在那个冬天的下午赶到了村庄。

在发煤叔家，我见他头上包着一层厚厚的纱布，从那层纱布上还能看到隐约渗透出来的血色。

发煤叔见到我，就赶紧替我出气。

发煤叔说，车翻在你田里，赔的钱只能你来拿。凭什么他长富就拿了。说完，我还看见发煤叔的情绪仍在激动。

我不好对发煤叔怎么说。安慰了他几句后我就去见长富叔了。

我看见长富叔的左手明显地受了伤，从脖子穿下来的一根纱带吊着手臂。长富叔见我到来，就搬出椅子招呼我在禾场上坐下，他用那没伤的一只手再次搬了一把椅子出来。

长富叔说，这几年，感谢我让出那块田，让他从田里增加了收入。

长富叔接着说，车翻在你田里，我不能让你吃亏。我让那个车主赔了钱才走。钱，我帮你要回来了。

说完长富叔起身回屋。

长富叔再出来的时候，那只没伤的手上拿着一叠钱。

我一惊。

我平静了心情跟长富叔说，车翻田里，我不想要车主的钱。

长富叔更加激动地跟我说，莫蠢，车翻在你田里了，到手的钱，不要白不要！

我跟长富叔挑明：把钱退给车主。

长富叔不依。

我看了看天，村庄的黄昏就要来了。我急着要回城，没有时间跟长富叔多说。

我执意没拿他那只没伤的手上的钱。回来的时候，听见了长富叔在我背后骂我的声音：往后，老子不种你的田了。

那一刻，我没有回头。

在我入睡前，发煤叔给我打了一个电话。

我一看是发煤叔的电话，我接了。我对着电话说，别打电话了。

发煤叔说，我的田里翻了一辆车，我不知道咋整？

我一下摁了电话，接着，关机了。

我小声地对着手机说，发煤叔，你想咋整就咋整吧。

百狗雕

　　袁守仁是矮子寨最好的雕匠，自然活在手艺里。他在木头木板上雕花鸟虫鱼，雕啥像啥，活灵活现。

　　矮子寨的人都佩服袁守仁的手艺。

　　袁守仁五十岁后开始养狗。一条毛色棕黄的狗让他喂养了六年。六年里，袁守仁是看着那条狗长大的。平日里，他生出对狗的爱恋来，爱惜狗，就像爱惜手中的一把把刻刀。

　　袁守仁每次外出，都是黄狗守家。家里因了狗的看守，从来没有失盗。很多时候，袁守仁发现家里啥也没丢，只有黄狗围着身边转来转去，那一刻，他的脸上就露出浅浅的笑来。

　　一有响动，黄狗就叫，很多时候，寨子里是黄狗汪汪的叫声，显得悠远清脆。走在很远的山坡上，袁守仁能听出是家里的狗在叫。

　　矮子寨山高林密，有些看头，有个爱狗如命的人来矮子寨旅游，看见了袁守仁家的狗，跟袁守仁说，愿意花比市场价高三倍的钱买走狗，也好了却自己一生爱狗的心愿。

　　袁守仁看看来者，仍是摇头不答应。

　　除了对那条狗生出爱恋外，他对那条狗也有过抱怨。他抱怨狗不应该咬了连梗。

连梗处在热恋中。40来岁的男人，好在有个陕西女人看上他，打了家具准备结婚，想在家具上雕刻些花鸟虫鱼，便热情很高地过来接袁守仁去家中。没想到，连梗才走到袁守仁门前的小道上，黄狗蹿出来，一下子就咬了连梗的腿，然后，就发疯般跑了。

袁守仁骂了声：畜生！

连梗提起裤管一看，一股股红的血在淌。袁守仁见状，赶忙用红糖和米饭捻了团敷在连梗腿上。袁守仁抱歉地说，兄弟，明日陪你去打预防针。

袁守仁执意留连梗不走。连梗连说三声"没事"后，就一瘸一瘸回了家。

黄昏里，袁守仁嘴里仍骂着黄狗。他内心里希望黄狗不要再在他眼前出现、晃动，不然，就会狠狠地踹它几脚。

天一黑，暴雨就来了。

袁守仁睡前没有听到黄狗的任何动静。

袁守仁在睡梦中听到了黄狗急促的叫声，一声比一声急。他觉得黄狗的叫声，在某种意义上是一种提示。在黄狗的叫声中，他隐约地听到大水奔流的声音。袁守仁连忙起了床，拧着手电筒，着了雨衣，然后提了装着刻刀的工具袋就往山的高处跑。雨水碰撞矮子寨的声音远远地超过了狗的叫声。他觉得身后狗的叫声越来越弱，越来越辽远。

很快，袁守仁就淹没在雨里。

泥石流疯狂地从山腰下来，像一个十足的疯子，见谁惹谁。又像一股强大的气流很快就钻进了袁守仁的屋子。

天亮了，袁守仁回到自己的屋前，屋已冲垮。他大声唤狗，狗不应声。

袁守仁一直在寻找连梗。他没有找到连梗，很多人没有找到他。清点寨子人数时，谁都说没有发现连梗。很多人估计泥石流经过矮子寨时，连梗肯定埋进了泥石里。

袁守仁生出后悔，没有留连梗过夜，说好和他一起去打预防针的。

袁守仁在泥石流经过的矮子寨空着肚子寻找了两天，没有看见那条喂养了六年的狗。他发现要想找到黄狗，就像想找到连梗一样困难。

袁守仁失魂落魄。最后，他放弃了寻找。

袁守仁住进了政府临时搭建的安置帐篷。

袁守仁从安置帐篷出来走进自己的新房时，就有了一个很大的计划，他要雕好一百尊狗雕。

袁守仁没有放弃自己的手艺。他开始雕狗。过去，他不雕狗，理由是他怕自己雕的狗活了，跟自己养的狗过意不去。

于是，袁守仁开始雕狗。他找来一根根粗壮的木头，那些木头也是他认为木质最好的木头，袁守仁就像熟悉自己手上的刻刀一样熟悉那条狗，坐着的，奔跑的，各式各样的狗，他都雕。

每雕好一尊狗，袁守仁都仿佛看见自己喂养了六年的狗。

在自己的新房，袁守仁摆放着狗雕。他在那些狗雕前驻足，耳里是狗的叫声。

过了一年，袁守仁的儿子袁小元带了他的女友回来。女友看见那些狗雕，问袁小元，你爹没啥事干，尽雕些狗来看？

袁小元把女友拉到一边，说，我爹，那是没出息，改天，我让他把那些狗雕一把火给烧了，还不行啵？

袁守仁听见他们的对话，泪水在眼眶里打转。

第二天，袁守仁把那些狗雕搬出屋，堆在一起，一把火点了，火光中，他听见他喂养了六年的狗在火里挣扎，在火里尖叫。

袁守仁走进屋，拿出那个装着刻刀的工具袋，然后把它扔进了火里。

看着燃烧的狗雕，袁守仁久久地站着，一动不动。

袁守仁让儿子接进城的那年，说话有些含糊不清。矮子寨有个胆大的人说，估计是疯了。他还说，袁小元的女人不让他烧那百尊狗雕，他就不会疯。

换 肾

许小年在医院一检查，结果让人吃惊。

许小年的肾脏出了问题，要换。

许小年对医生说，暂时不换。

许小年回到村里的第一件事，就是问自己最信任的木格：我这肾，要换，找不找得到肾源？

木格摇头。木格说，我们发动村里的人都来帮你找肾源。

木格在村里做会计。是许小年在村委会上提名再由村里人选到村委会的。可以说，没有许小年的提名，木格就坐不到村会计的位置上。

许小年从木格变化无常的表情看出，要找到新的和自己吻合的肾源，肯定太难了。

许小年决定不换肾了。他对木格说，不用找了。

许小年要换肾的消息村里人都知道了。村里人都在为许小年寻找肾源。

三天过去了。没有人找到肾源。

木格愁眉苦脸地把村里没有一个人捐肾的这个事实告诉了许小年。

许小年的脸上没有表现出过多的失望。

木格不甘心。他在网上发了一个帖子，然后把许小年的病情在网上公布了。他这样做是为了让更多的人来关注许小年。

木格还学着别人的做法，在网上公布了一个银行账号。他多么希望有人朝那个银行卡里打钱。他要让那些钱成为许小年换肾的费用。

木格这么做，没有告诉许小年，也没有告诉任何人。

木格时刻关注银行卡里的钱，他几乎每天都去银行查一下银行卡里的钱。木格也关注许小年的病情，他每天都去许小年的家里，希望他能更快地好起来。

一个月了，和许小年配对的肾脏还是没有找到。而木格银行卡里的钱却有了一笔不小的数目。

一个月过去，许小年在医院检查的结果出乎意料。

检查结果显示：许小年不需要换肾。

许小年回来的第一件事就是对木格说，不用换肾了。他请求木格尽快告诉那些以前那些替他寻找肾源的人，不用再找了，免得耽搁了他们的时间浪费了他们的精力。

木格一愣，不用换了？

回到家里，木格想：许小年，我替你换肾源的钱都凑到卡里了，还要退回去？

木格没有想到要把那笔钱退回去。

木格把卡里的那笔钱取了出来。

许小年好好地活着。

一年后，有一个曾往木格卡里打钱的女人找到了许小年所在的村庄。

女人找到村庄的第一件事就是打听许小年，问到了许小年的住处。她在跟许小年交谈时无意说出了一件事，女人说，徐小年生病的那年，自己往许小年的银行卡里打过一笔钱。

许小年无论怎么回忆，都觉得这是一件没有发生的事。

面对女人，许小年说，感谢当年你为我打了一笔钱。让我的病得到了治疗。

女人一听，眼含热泪。

临走，女人说了一件让许小年非常揪心的事。她说，她的女孩得换肾，急需一笔费用。能不能想点办法，就当是借也行。

许小年没有多想。他给了女人一个承诺。无论如何也得帮女人一把，不管女人帮没帮自己，他都要有帮的行动。

许小年找到木格。他跟木格借钱。他说要帮一个女人的孩子换肾。

木格说，许小年，你换肾的时候，她没来帮你？现在，你想到帮她了？

许小年说，帮！

女人拿着许小年的钱，非常感激地说，好人，好人。

女人走了。

许小年犯糊涂了，自己生病时，银行卡里有钱？

许小年觉得好笑，自己生病时，自己连银行卡都没有，那女人怎么会往我的银行卡里打钱？

许小年那天跟木格一起喝酒。

许小年喝高了。

木格也喝高了。

许小年说，当年，我生病那阵，多亏了木格，全村上下都说木格的好。

木格说，当年的事都过去了，别提了。

许小年说，当年，我有一事不明白，你是不是有事瞒着我？

木格坏坏地笑，说，啥事也没瞒。

许小年疑问，看来，那个找我借钱的女人是以换肾的理由来骗我的？

木格说，不是骗你的！

许小年说，你咋知道？

许小年用手推了推倒在餐桌上的木格，只听木格的鼾声一高一低地传来。

离席前，许小年说，明年，我在村委会上提名，还免不了你？

然后，许小年朝地上砸了一杯子，杯子破碎的声音，没有惊醒木格。

念 秋

小镇上的杂货店，大大小小有好几家。

人到中年，念秋开了一间小杂货店。他的杂货店开在小镇，跟小镇的其他杂货店比起来，念秋都觉得好笑。

念秋在脑子里存了一个想法，他要把自己的杂货店开大，开成小镇上最大的。

念秋给自己定了一个规矩，那就是不赊账。有时候，他觉得，宁肯自己不做生意，也不愿意把自己的货赊出去。人家装孙子来求自己赊货给他，到时候，自己得装孙子找他结账。

念秋坚决不做这样的蠢事。

念秋找了在学校当校长的陈习武。陈习武写得一手好字。在整个小镇，就陈习武的字写得好。念秋拿了一盒烟还有一盒茶叶去求陈习武。第一次去，没找着。第二次去，陈习武回老家了。第三回，念秋才在陈习武的办公室找到他。念秋把那盒烟跟那盒茶叶放在陈校长桌上后，他才恭恭敬敬地跟陈校长说，陈校长，帮个忙，写块牌子。

陈校长看着念秋真心的样，满口答应了。

念秋回来时，手里捧着牌子，牌子上写着：本小利微恕不赊欠。

念秋把牌子放在了柜台前。来店子里买东西的人，人人都能看见。果真，那牌子上的内容，起了很大的作用，来店里买东西的客人，一律现钱结账。这样一来，念秋没了记账的烦恼，更没有要账的痛苦。

念秋敢对一个人赊账，也愿意为一个人赊账，那个人是镇上的胖梅。

胖梅男人走的时候，给她留下了一间破败的屋子和两个女娃。胖梅一手扯着大女儿，一手扯着小女儿，跪在男人躺着的床前，很快，哭声淹没了屋子。

小镇在雨里湿了，湿成念秋眼中的小镇。胖梅慢步走进念秋的店子，头上的雨水顺着脸，顺着发梢放肆地流着。

很久了，胖梅低声地对念秋说，赊盐，就一袋。

念秋看着站在柜台前的胖梅，小声说，胖梅，你可不能坏我的规矩。盐，我可以赊给你，但你不能说是赊的。记着没？

胖梅擦了一把脸上的雨水，说，不坏你的规矩，记着了。

胖梅出来的时候，手上拿着念秋给的盐。她把那袋盐揣进怀里，很快，就走进了雨中。

念秋看着雨里走着的胖梅。雨很快淹没了她。

一月后，胖梅再来，仍旧声音低低地说，赊一袋盐。

念秋给了胖梅盐。

胖梅没有急着走，她跟念秋说了一阵话。胖梅说，镇上就你念秋有人情味，那几家杂货店的老板，认钱不认人成不了大老板。

念秋说，我也是认钱不认人。

胖梅说，你不同。你跟他们明显不同。

念秋说，真的？

胖梅说，真的镇上王贵卯杂货店的老板王贵卯，我赊他一袋盐，他还在我身上摸两把，真缺德。

念秋哦了一声。

胖梅还说，镇上刘一手杂货店的老板刘一手，我赊他一斤盐，回去一称，只有八两。他刘一手就那么个心眼，往后，成不了大老板。

念秋再哦了一声。

胖梅走之前，念秋低声对她说，胖梅，你可不能坏我的规矩。盐，我可以赊给你，但你不能说是赊的。记着没？

胖梅浅浅一笑，然后说，记着了！胖梅男人走后念秋第一次看见她，脸上露出的笑。

镇上下了很大的雪。雪覆盖了镇上的屋宇和往事。胖梅踩着一地的雪，雪让她踩得咯吱咯吱地响。在一路咯吱咯吱的响声里，胖梅走到了念秋的杂货店前。

念秋看见了胖梅，看见了胖梅头发上衣服上附着的雪，洁白晶莹。

胖梅说，眼看要过年了，再赊一袋盐，过了年，我把赊盐的钱全还上。

念秋说，胖梅，只要你不坏我的规矩，以前赊的盐，我都没记账，就算了。

胖梅不依。胖梅说，你要不记账，我就不赊了。

念秋依了胖梅。念秋拿了一袋盐出来。

胖梅拿着盐就走进了雪里。

开春了，镇上最热闹的要算胖梅家。春天的阳光大方地落在胖梅的家门前。两个女娃嘴里唱着：小燕子，穿花衣，年年春天来这里……

胖梅听着，眼里的泪就出来了。

一个老人快速地走进胖梅家，陪同老人来的，还有县上的镇上的人。胖梅家热闹起来了。那两个女娃不唱了，围着胖梅转。

老人激动地说，自己从台湾来，寻找失散的侄女。

老人跟胖梅紧紧地抱在一起。

念秋在算账。算盘珠拨得噼里啪啦地响。

胖梅领着老人走进念秋的杂货店。胖梅说，念秋，我来还那些赊盐的账。

当着老人的面，念秋说，胖梅，你记错了，你从来没在我的店子里赊过账。

那一刻，胖梅的眼里，满是热泪。

很久了，胖梅说，我姑父愿意用他的资产，帮你在镇上开一个最大的杂货店。

念秋很惊讶，问一句，胖梅，你说啥？

立 春

庄里的人是掰着手指头算着日子，算着农历节气的，特别是立春。

在罗木的心里，他觉得立春这一天非常特殊，有必要大喊。

吃过早饭，罗木跟女人马小春商量：立春了，想在村里大喊几声，舒服舒服。

马小春说，罗木，你活回去了，还像小孩似的发神经？立春这日子，庄里哪个不知，谁个不晓？大喊几声，就能舒服？

罗木脸上堆笑，说，是想发点神经。可这些年，很多人不像以前那样过日子，有的把日子过得不像农村人过的日子，连农历节气都不清楚了。

马小春说，罗木，你还真能耐呃，就你清楚节气就你清楚日子？你发神经吧！

罗木说，你让我发一回神经，再说，我只是扯着嗓子喊几声，不会有什么大碍的，能把天喊塌下来？能喊破嗓子？

马小春说，罗木，你还真发神经？你发吧发吧，让马小春看看来着！

马小春再不多话，也没有拦罗木，让罗木走了。

罗木就往罗家庄的高处走。罗家庄的高处实际上是一个山冈，不算高。中午，罗家庄的太阳明晃晃的，阳光很像劲道的面条，给罗家庄的人的感觉很舒服，无法言说的舒服。

立春了——立春了——罗木喊。

罗木几乎是扯着嗓子喊的。一年中，罗木这样扯着嗓子喊的次数不多。他清楚地记得，他当队长的几年中，无非是在清明节，坟地燃放的鞭炮或点着的蜡烛引燃山火，他才使劲扯着嗓子喊庄里的人去救火。无非是庄里的哪户人家的牛被偷了，他扯着嗓子喊人把偷牛的盗贼捆起来送到乡派出所。

罗木的喊声很快在罗家庄飘荡开去。庄里很多人听到了喊声，抬头看看天，低头看看田，再望望远处的山，很快感受到了立春的氛围。

罗木的喊声，马小春听到了，很明显。

马小春样子懒散地站在禾场上，小声说，罗木，你声音还不小呃，庄里的小妖精，肯定听到了。

马小春没有猜错，一点也没有猜错。罗木喊过五遍后，他要去小妖精家里。

罗木站在小妖精的屋前，大声喊：立春了！小妖精！

小妖精的屋是庄里最低矮的屋。小妖精在低矮的屋里照顾陪伴着一起生活了 8 年的男人糠箩。小妖精发誓要对瘦弱的糠箩好，她还发誓要陪糠箩一起度过最后的时光，下辈子跟糠箩做夫妻。

8 年里，小妖精经历了庄里所有女人没有经历的一切。拿罗木的话说，村里称得上好女人的只有小妖精。拿马小春的话说，庄里最苦的女人就算小妖精了，一年四季抱着个站不起说不来话的病人。拿老队长肥牛的话说，小妖精是自己心甘情愿地要跟糠箩好的，她内心的强大，无人能敌。

看着小妖精低矮的屋，罗木有一个很大的想法。他要让小妖精低矮的屋成为过去。

小妖精穿着一件红色的夹袄出来了。夹袄的领子是白色的。夹袄上的红像一团燃烧的火焰，那一圈白色无法熄灭夹袄的红。

小妖精站在罗木面前，样子非常平静，目光非常平静地看着罗木。

罗木说，小妖精，糠箩已经走了一年了，你这屋，我想发动庄里的人凑点钱，翻修一下。

小妖精摇摇头，说，罗队长，用不着，这低矮的屋是我跟糠箩这么多年留下的一点念想，不用翻修。再说，我很快要出去打工了，往后，挣点钱，继续还我在娘家借的债。

罗木的眼里，一阵湿润。

临走，罗木说，立春了。

小妖精说，立春了。

罗木回来的时候碰到了老队长肥牛。肥牛的腿有些颤了，手里拄着拐杖，才把步走得稳当些。罗木站在肥牛面前。肥牛拍拍罗木的肩膀，小声说，响亮！响亮！你比我当年喊得还响亮。

罗木说，比不上。比不上。老队长当年的喊声能把山里的野猪都吓跑。

罗木仍在谦虚。

罗木说，马小春在家里找我有事，不陪老队长说话了。

罗木走不远，肥牛用拐杖指着他的背影说，谦虚个屁，老子当年，还不是像你这样喊着，只是老子现在喊不出声了。

回到家，马小春问，见到小妖精了？

罗木说，见到了。不过往后很难见到了。

马小春问，咋了？

罗木说，小妖精要出去打工，我没拦她。

马小春说，罗木，你凭啥拦她？

突然，罗木一声大喊：立春了——那声音，拖得老长。

马小春捂着耳朵，傻傻地看着眼前的罗木。

雨　水

雨水下了很大一场雨，是开春后的第一场大雨。

眼里的雨，哗哗啦啦的。羊可没有想到，雨水的雨会这么大。

雨水前夜，羊可心里窝着一股气。她觉得那口气不发出来，憋得
难受。

羊可的气来自男人。雨水前天，男人在镇上的茶馆跟一些在镇上晃荡
的青年在一起玩牌，一次输掉了一把钱。

男人本来不在牌桌上玩的。那些晃荡的青年你一句我一句刺激着羊可
男人。一个说，怕女人！肯定怕女人！肯定不敢玩！另一个说，玩玩，玩
小一点的牌。还有一个说，要不到牌桌上试试？

镇上的茶馆除了喝茶的功能外，还发挥着赌场的作用。

男人犹豫了一下，还是走进了茶馆。男人果真先玩小的。后来，那些
人就刺激他，说玩小了，不刺激。男人就伙着那些人玩大了。在牌场上，
男人手中的钱，像一捧捧从手中滑落的谷子。天还没黑时，他输掉了一把
钱。他发现除了玩过牌的一双手外，仍旧是一双赤裸着的手。

男人的那把钱是羊可卖谷跟卖棉花的钱。羊可种了大片的水稻和棉
花。羊可把那些水稻收回来，再把那些棉花收回来。那些水稻占据了她的
一间屋子，那些棉花又占了她一间屋子。她看着屋子里的水稻和棉花，就
开心地笑。有一天，她跟收购水稻和棉花的贩子谈好了价钱，留下口粮和

弹被子的棉花后，就把谷子跟棉花卖了，羊可就有了一把钱，她就把那把钱让男人揣着，让男人也感受那些水稻和棉花给他的激动与温暖。

男人回来前，他看见那些赢他钱的青年一个个在放肆地笑。他觉得，每一个青年的笑就是一把把刀，深深地切在他的胸口。羊可男人鄙夷地看了一眼茶馆，然后，狠狠地"呸"一口。

男人跌跌撞撞地往家的方向赶。

男人回到家时，精神很差。

羊可问，那把钱呢？

男人低着头说，输了。

羊可说，你怎么就敢玩牌就敢输？羊可没有想到，揣着一把钱的男人，偏偏就把钱输掉了。羊可觉得，男人跟她开了一个很大的玩笑。

男人抬起头，像拔出了胸口的刀，渐渐来了精神。他大声吼：好多人在玩牌，我就不能玩？再说，人家那些话难听死了。男人越说越有理。

羊可越听越气。羊可的气慢慢在心里形成。

羊可晚饭没吃，就上了床。

床上，输掉了一把钱的男人鼾声四起。

夜里，就下起了雨。

羊可心里的一股气越憋越大。

羊可想好了，他要男人要回输掉的钱，要不就报派出所。

羊可早早地起来，一把拉开盖在男人身上的被子。男人说，你让我睡会儿，今天，雨水了，过不了几天，就要在田地里忙活了。

羊可说，不睡了，跟我到镇上去，把输掉的钱要回来。不然，就报派出所。

男人不依。

男人说，钱输掉了就输掉了，往后再挣。你要是到镇上去闹。不但钱没有要回来，还丢人，让人家说自己输不起。

羊可说，我们家是输不起，你要不去，我去。

男人说，你要去，我就要揍你！

羊可说，你要揍我，我也去！

男人很气愤，一巴掌扇在了羊可的右脸上。

羊可的脸上火辣辣的。

哗啦哗啦，雨一直下着。羊可没有穿雨衣也没有撑伞，火辣着脸走出了家门。羊可没有想到，雨水的雨会这么大，遮没了视线。

羊可去了镇上。羊可在去镇上的路上发誓，她一定要要回那把钱。

羊可一身雨水的到了镇上。

羊可去了派出所。

羊可一身雨水的到了派出所。

羊可在回来的路上发誓，一定要离开自己的男人。她不想再这么窝囊。

羊可回来时，浑身湿透。她把男人输掉的一把钱放在了桌上。羊可觉得，她不是放着那把钱，而是放着金黄的稻谷和洁白的棉花。

男人对羊可的回家没有表现出高兴。

男人见着那把钱后也没有表现出高兴。

羊可在家里仔细地清理衣服。

羊可把要离开男人的想法说出来了。羊可说，脾气丑的男人，来吧，再给我的左脸一巴掌，让我再一次感受火辣的感觉。

男人觉得眼前的女人非常强大。男人握了握拳头，最终下不了手。

羊可翻出一件大红的袄子穿在身上，在镜子前照了照，没有觉得哪地方不合适后，提起箱子，走进了雨中。

羊可自己记得走出家门的日子是雨水。

那把钱仍旧放在桌上。男人先看了那把钱一眼，再看着羊可出门的。他没有想到，雨水的雨会这么大，遮没了视线。他再也看不清羊可时才明白，是自己的一巴掌打走了自己的女人，也输掉了自己跟羊可的一段感情。

那把钱，男人狠狠地甩进雨里。

很快，那把钱花瓣一样地落下。

很快，每一张钱，让雨水的雨，轻轻地淋湿。

小 满

　　小满之前，白云庄是一个安静的村庄。

　　唐水珠喜欢白云庄的安静，喜欢白云庄的颜色，喜欢白云庄的大树，还喜欢白云庄一年年传唱的乡村歌谣。

　　春天里，唐水珠非常喜欢走到自己的麦田边，看那一垄垄麦子在雨水里，在阳光下生长、抽穗。每看一次，她的内心就有一种幸福的满足。她觉得麦田的麦子以及周围的一切，就是一张美好的画，就跟她童年时和少年时所看到的画面是一样的。她愿意把这张画保存到记忆里，保存在生命里。

　　小满的到来，让唐水珠对白云庄的看法彻底改变了。

　　小满。空气和露水做成的小满。

　　唐水珠还在睡梦中。这样的季节，唐水珠真想多睡一会儿。没人叫醒她，也没有人打扰她。她觉得多睡一会儿，就能有助于身体的健康。

　　天刚亮，乡里的推土机开进了唐水珠的麦田。那台陈旧推土机气喘的声音打破了村庄的宁静，它陈旧的颜色落在那片绿得让人心疼的麦田，就像画家手中的一张废画。

　　推土机的声音辽远地传来。唐水珠没有在意，她以为是那个听说了几年迟迟没有开工的工程开工了。唐水珠又在床上躺下了。

绿色的麦子，在迅速地倒下。

那台推土机压毁了一半的麦子时，唐水珠才上气不接下气地从家里跑出来。她发现自己的麦田突然间走进了一头怪物，怪物在不停地践踏在不停地吃掉那些充满生机的麦子。在路上，她跑掉了穿过了一年的布鞋。她来不及把那跑掉的布鞋穿在脚上。她要赶走那头令她讨厌的怪物。

在唐水珠的眼里，麦田需要的不是像推土机这样的怪物，麦田需要的是铁犁、划镰这样的农具还有健步如飞的耕牛。

唐水珠跑出了一身的汗。她一身是汗的站在田边，站在那台推土机前。推土机很快停了下来，像一堆废铁。

开推土机的是个小青年。小青年看了一眼唐水珠，就在推土机上听着音乐了。

唐水珠在乡干部来之前，她祭奠那些倒下的和死去的麦子。她跪了下来，用手扶那根根倒下的麦子。那些麦子受到了严重的创伤，有的已经拦腰斩断，有的连根拔起。特别是那些麦芒上没有饱满的麦粒还被挤出麦浆来。

唐水珠知道，自己无法扶起那些倒下的麦子。她把目光投向那些没有倒下的麦子。她有一个想法，她要用生命保护那些麦子。

那些露珠就是麦子的眼泪。唐水珠站起身，走到那些没有倒下的麦子中间。她感觉到有一股风吹过麦田，所有的麦子开始了舞蹈。在舞蹈的过程中，她发现所有的麦子抖落了身上的露水，流干了眼泪。她把脸靠近一棵麦芒。她的鼻孔仿佛嗅到了新麦的香味。

唐水珠在麦地里站了一刻钟。

一刻钟后，唐水珠走向了推土机。

唐水珠站在推土机上时，阳光射在她的身上。她穿了一件跟麦苗一样颜色的上衣。在这样的季节，她喜欢穿这种颜色的衣服。

唐水珠得到麦田被征用的消息是在半年前。村干部老鱼说，唐水珠，你的田迟早要征用，叫你不种麦，啥也不种。

唐水珠说，那么好的田，不种麦种啥？

老鱼说，荒着。

唐水珠没让田荒着，她在田里种了麦。

一个月前，老鱼让乡长狠狠地批评了一次。乡长说，老鱼，当初跟你怎么说的？你承诺把群众的工作做通，再不在那片田里种任何作物，现在，你看看，唐水珠的那片麦子，看着那片麦子我就不舒服，难道你舒服？

老鱼让乡长批评得没有回话。

乡长走的时候说，开工前，毁了那片麦子，不然开发商不满意我们的工作！

老鱼看着乡长走远，啥也不说。

乡长一走，老鱼告诉唐水珠，那田麦子保不住了。

唐水珠非常严肃地问过老鱼，我的麦子咋就保不住了？

老鱼说，到时候，乡里要毁你的麦。

唐水珠一惊，真的？

老鱼说，真的！

乡里决定，要在小满这天，毁掉唐水珠的麦子。

乡里召集的人走向唐水珠的麦田。唐水珠被几个人从推土机上拉了下来。

唐水珠没有大喊，也没有尖叫。

那几个人带走唐水珠的速度非常快。

唐水珠听到了推土机怪异的叫声，她朝后望，看见推土机的烟筒冒出了浓烟，在那片麦田里走动。

唐水珠没有用生命在小满这天保住自己的麦子。

后来，唐水珠想到这一天，她就有点难过，还暗暗地流泪。

老鱼见了，问，唐水珠，为啥事流泪？

唐水珠说，小满那天，正在饱满的麦子被毁，让我心疼。

后来，唐水珠不再在白云庄生活，她选择了城市。

天　眼

尚二的名气让村长毁了。

雨是那天夜里落的，哗哗啦啦的雨下了一整夜。

村长家屋漏。屋一漏，村长女人就坛呀罐的接得心烦，顺手就摔了坛，坛脆响的声音并没有惊动在睡觉的村长。

天一亮，雨就停了。

村长女人就在村长面前生气，说，再不把漏止住，这屋就没人住了咧丝瓜。

村长看不得女人的生气相，就出去请人，也气一来，不就是喊个师傅？

尚二是村里的瓦匠，村里大小的活都是尚二的。尚二那天没事在树下纳凉，顺便也听听蝉在树上一声长一声短地叫，再叫，样子悠闲得蛮有意思。

远远地就见村长来。

也纳凉呀，村长！尚二坐在树荫下递过来招呼。

村长说，锅漏煮不得，屋漏住不得，当家的吵得霸蛮，辛苦你尚二师傅几天。

尚二看一眼村长，问，给现钱？

［伍中正］　云很白

给现钱！

明天就去？

明天！

尚二没进村长家时就想，不能帮村长的忙，自己是做艺的是打工的，田里地里一趟子要种子钱，一趟子要化肥农药钱，做了工，不能不要钱。

天一亮，尚二就来了，村长女人备了烟备了酒让尚二抽让尚二喝。尚二就在屋上抽，就在席上喝。

到中午时，天气热。村长女人喊尚二师傅，歇会儿。尚二就歇。

天黑了，尚二才回去。

最后一天，尚二在村长的屋上留了天眼，村长女人不知。

捡完村长的屋，村长才回来。

尚二说，屋捡完了，该给工钱。

村长说，先记账，往后再结，不会亏你尚二。

尚二蔫蔫地回了屋。

村里一小学，年久失修，逢雨就漏。校长找到村长，说要村里花钱请人捡漏。

村长应声，嗯。

村长又找了尚二。

尚二就在屋上捡开了。那瓦也就翻得七七八八地响。

捡完后，尚二找了村长，打了条子，说要领钱。

村长看了那条子，就对尚二说，上次我家的几天写进去。

尚二不写。

村长说，尚二，别不开窍。

天又雨。村长女人吼：这个尚二，屋顶上留个眼，雨水漏进来，把台电视机都落湿了。

村长女人又吼村长：丝瓜！请个给工钱的，偏要帮忙的。这回，修电视机的钱，远不止给工钱了。

村长悔，不该找尚二。

尚二再不做捡瓦的活。就因为村长家的天眼。

有人说，尚二是猪，旁人的屋留得天眼，村长的屋哪留得的？

还有人说，既然，村长的屋留得天眼，那旁人的不也留得？

丝瓜老了。明显地老了的尚二坐在家门前，和尚二坐在一起的是丝瓜。
丝瓜不再是村长。

丝瓜问，尚二，那个眼到底是不是你故意留的？

是我故意留的。

那你为么得要留？

你丝瓜也不该拿村里的钱，请我为你做事咧。

尚二，你没安好心。

丝瓜，你才没安好心咧。

老子要毁你的手艺。

老子也要毁你村长的位子咧。

果真，村长的位子是尚二毁的。

戏子老二

蛤蟆坝能够有"戏子"这个称呼的，只有老二。

是戏子就有做戏子的长相和派头，老二就有，说哪处像哪处，演哪处通哪处。

上屋场会看八字会看相的龙老头，就说蛤蟆坝最有出息的要数老二。

老二心里一喜。

蛤蟆坝不出官也不出秀才。老二琢磨着，出个戏子也行，也算对得住过去是山窝现在也是山窝的蛤蟆坝。

不用化妆，老二就演戏，扮男扮女，演喜剧演悲剧，或笑或泪，时走时停，长呼大喊，老二扮的神情动作极合情理又恰到好处。

老二曾有过响亮的过去和光亮的一页。

因为戏，老二得了好多便宜，只要戏演得一好再好，一真再真，生产队便不安排他干重活，村里乡里县里有什么汇演，队长就一拍老二的肩膀，你去！

老二真的就去。

老二回来总是高兴的样子，总是翻弄出得的奖状或红本本或汗衫鞋子什么的，让蛤蟆坝的人刮目相看了好几回，老二走到哪站到哪，连那些光着屁股一块儿玩的娃，也"戏子戏子"的喊叫。

老二又年轻，演戏又好。老二不生骄傲，仍求上进。老二透彻透底地想，县剧团进村招演员也是个机会，说不定还能解决饭碗吃上商品粮哩！老二盼来盼去就盼这么一天。

　　老二仍在苦练苦演，演完了热天演冷天，演完了晚上演白天。剧团几次来人说老二有把握进剧团，就因为这话，就因为这如羽毛如嫩草的话，一次次撩拨得老二心里痒酥酥美滋滋的。

　　老二逢人便说，过些日子就进剧团，站真正的舞台。

　　蛤蟆坝有人跟着和，也是也是，是个戏子，该有个落窝的地方，困在山沟沟里，也不是个长久……

　　剧团却没有把这当回事，说了话可以上算可以不上算，反正没盖公章没卡钢印。戏子老二总是等呀盼的，就是没进剧团。

　　老二就像换了另一个人。

　　老二开始骄傲了，弄不好火冒三丈，弄不好吹胡子瞪眼睛，弄不好罢演罢唱，伤心一来，有时一瓶酒下肚，说话也不着边际。

　　老二说，老子戏演得这么好，你们不要，老子还懒得去。

　　老二还说，就是你剧团来人抬我也不去了。

　　每次说这话，老二就伤心，就要落泪，就有蛤蟆坝人过来劝，老二，想开点，舞台小哩，蛤蟆坝才真大咧！也有好心人过来劝，老二，咱蛤蟆坝的戏就够你演一辈子哩……

　　老二这才不伤心了，觉得这些话很对，就不再傲慢就重新振作，也就自编自演，演孝顺媳妇伺候婆婆演村干部为群众办好事演民办教师为学生着想……反正，什么都演都上戏，都是些坝里的新鲜事。

　　逢年过节逢热闹喜庆，蛤蟆坝就有老二演的戏，确确实实让蛤蟆坝人添了高兴的色彩，上了年岁的龙老头，也跟着蛤蟆坝的人讲，瞧！老二的戏耐看耐想哩！

　　老二扎扎实实地在山窝窝里一个春天接着一个夏天演他的戏。

　　后来，县剧团真的来招老二，当时，剧团人心涣散，班子不齐，想纳老二扩大阵容。

老二手一摆脑壳一摇，说，再也比不得当年，该演的时候没上场，不该演的时候，就不充那个角了。

这话一讲出来，蛤蟆坝的人和剧团的人想了好久也琢磨了好久，也就没有为难老二。老二也就伴那明明灭灭了千千万万次的日月星辰，在蛤蟆坝续写戏子的一生。

老干部

　　老干部姓张，原来是食品站的职工，在食品站杀猪卖肉，不是什么干部，是屠夫。

　　张屠夫不在食品站工作了，老街上的人就叫他老干部，他就应声。

　　老干部杀猪，刀法很正、很准。往往，一刀捅进猪的喉管，猪动弹不了几下，就糊里糊涂断了气。有几回，我在食品站的一间屋子里看过老干部杀猪，那刀法让我佩服。

　　老干部卖肉，不论多少斤两，只要三刀。老街人称"三刀准"。我也看过老干部卖肉，往往，他把称好的肉，用尖刀在肉上扎一个小孔，再用5根稻草搓成一股的绳子穿过那个小孔，叮嘱买肉的人提好。

　　老干部喜欢喝酒。他坚信，喝谷酒养身。因此，他喝的酒多是传统酿法的谷酒或者米酒，每次，虽不醉，但要喝到满脸赛关公，不能少了喝酒的兴致。

　　食品站人员解散那年，老干部大吵大闹，说自己在食品站干了十多年，怎么就一刀切了？

　　牛高马大的站长按捺不住火气说，小张，你别又闹又吼的，我站长不也一刀切了？！

　　老干部再不多说，回家一碗碗的酒往胃里灌。

老干部在家里喝醉了酒。酒醒，思前想后，他就在老街上开了一爿肉店。

过去，人们买肉最怕买到骨头。一斤肉里掺和了一小块骨头，是极不情愿的。因此，开初卖肉，老干部得罪了不少人。在我的印象中，他就得罪过炉子叔。炉子叔那天一早就在老干部的肉摊前站着，指着一块肉轻言细语地对老干部说，砍这里的肉，莫砍进了骨头。老干部两刀下去，落下的全是肉，然后，砍了一点碎骨头做搭头。炉子叔就说，肉不要了。老干部就来了火气，生意才开张，你不敢退肉。然后，他一把砍刀在架子上拍得山响。炉子叔再不说退肉。

后来，炉子叔就是多跑十多里路，也不在老干部的肉摊上买肉。他还发誓，自己喂出来的好猪，也不卖给老干部。

由此看来，老干部把炉子叔算是给得罪了。

老干部照样下村买猪。他把瞅准的猪买回来，就杀。杀了猪，他的手头就有了赚头。

不出两年，老干部手头就赚了不少的钱。老干部感叹，一年到头，在食品站，还弄不到这么多钱。有时候，他回过头来想，食品站的人还散迟了。

有了钱，响锤叔动员老干部买车跑运输。老干部说，我不会开车。响锤叔就说，只要你出钱入股，车由我来开。果真，老干部就出了钱，一台崭新的东风牌汽车就开进了老街。

有人说，老干部，你有车给你生钱，就不买猪杀了。老干部也觉得有理。那年春天，他就歇刀不杀猪了，还有点舍不得地把一把把杀猪的刀装进了木箱子。

春天还没完，老干部的车就出事翻了，车赔进去了，还倒贴了不少钱。

老干部又把那口箱子翻出来，再把有了锈迹的刀拿出来在油石上磨了又磨。

老街上，老干部的房子里有了猪被杀前的嚎叫。

腊月间，找老干部要猪肚货的人很多。在老街人的眼里，猪肚货就是肠子肚子。有的人要了肠子罐香肠，有的人买了肚子，放在灶头熏腊，过年的时候，成为餐桌上的一盘俏货菜。

老街上的小眉就找老干部要过猪肚货。曾经，小眉挺喜欢老干部的，老干部也喜欢小眉。老干部常常想，她小眉的事，就是他的事。

有一年腊月，小眉要老干部把猪肚货留着。不巧，城里来了个贩子，愿意出高价买走为小眉留着的猪肚货。老干部动了心，便一干二净地把那些猪肚货卖了。晚上，小眉来拿猪肚货。就问，猪肚货呢？老干部如实说了。小眉就说了一句，你心里没有我小眉。然后，就走了。老干部一路追出去，却没有追到她。

后来，小眉就走得远远的，再没有在老街出现。

2010 年，柳叶湖旅游度假区对老街进行外观改造，老干部第一个站出来支持。他说，老街前几年变化太少了，是该变样了。

现在，老干部在他装修过的店子里守着他的那份生意。无意间，我走进了老干部的店子，然后在他架得正、稳的肉架旁坐下。老干部告诉我，最近两年生意是好了，可心里一直装着一个人。

我知道，老干部的心里还装着小眉。

守 水

　　我所居住的村庄隔红旗水库三里来路。一条蜿蜒的水沟从水库的东堤下出来，自然地穿越了一些田园和山坡。每年的冬天，那条水沟要出淤泥，要不就砍掉沟两边的杂草，让水走得更顺畅。

　　干旱年份，看着那些蔫头耷脑的水稻，膀大腰圆的队长就去水库里开票，出钱买水。然后派上几个人沿沟守水，怕水让人家放了去。

　　在我的印象中，队里很多人守过水，有菜瓜、新秋、队长等等。

　　守水不是一份轻松活。买来的水，一路走来，倘使谁不安好心，要中途截流一点，就得跟人家较真。不然，买来的水，让人家弄了去，队长自然不心甘，队里人也心痛。

　　守水一般是男人的事。队长总是叫一些男人去守水，理由是男人掏泥筑口，劲道子足。队里人说菜瓜的劲道子足。队长几乎每次都派他守水。菜瓜守水的时候送过人家一份人情。那年，邻队的阿桃要点水润润菜园，见是菜瓜守水，就把自家梨树上熟透的梨摘下两三个来，亲热地递到菜瓜手里。梨吃完，阿桃说，菜瓜，我要点水润润菜园。菜瓜起初不同意。想想落到肚里的梨，就同意了。菜瓜后来得了肺癌。人瘦得不成样子。队长过来看他。菜瓜哭不出眼泪了，断断续续地说，队长，我对不住队里人，不该拿队里的水送阿桃人情，这事我跟你说了，不说不踏实。队长说，菜瓜，这事我不传出去。阿桃也没有乱说。

队里守水不光派男人，还派女人。新秋就让队长派过，就守过水。新秋是桃江人，真正称得上队里的美人。往脸蛋和身材看上去，目光舍不得离开。新秋男人在城里当工人，四个孩子奶在身边。队长有意识地让新秋守水，一来让她轻松点，二来还可以多看她两眼。新秋守水特认真，顺着沟走来走去，也不偷懒。有一回，新秋跟队长一起守水，队长巡过两次后，就在一树底下纳凉。新秋细着步子过来，队长说，新秋，水走正常了，就找个阴凉地方坐一坐。新秋看一眼队长，就径直走开，把个好看的身材留了个影，在队长的眼里。

15岁那年从学校里出来，我也守过水。我守水，是队长派的。队长见我从学校出来，田里的活不让我沾边。那年，正值干旱年份，田里干得坼了裂。队长在水库里开了水票回来，看看我，就对我说，水比油还金贵，守水去吧。我扎实地守着水，沿路有跑冒的现象，我就用袋子装好泥堵上。恰好，队长在检查守水的情况，见我认真的样子，没说什么，对我笑了笑。只是对我笑了笑。

再次守水，是田分到每家每户以后。有一年春天，老天不下雨，要水犁田了。有几个农户邀在一起，父亲主动在水库里开票买水。然后几个农户的劳力分头守水。父亲让我去守水。水哗哗啦啦流到自家田里的那天晚上，突然下了大雨。披着蓑衣，穿着雨靴，拧着手电，我跟父亲一路守水。我说，下大雨了，不守水了。父亲看了看电闪雷鸣的天，说了一声：不知雨能下多久，守吧。我跟父亲在雨夜里守到天亮。天一亮，父亲就开始犁田。

现在，我的村庄里很多人流落到不同的城市。很多人不种田了，自然也不守水了。队长一家进城了，新秋一家也进城了，邻队的阿桃也进了城，在城里修着人家穿烂的皮鞋布鞋。无人经营的村庄显得空空荡荡。我沿着那条水沟走，寻找一些往事和记忆。水沟长满了杂草和野树，那些杂草和野树还开着一些花朵、结着一些果实。我经过阿桃曾经蔬菜打眼的菜园，看了一下，开着黄花儿紫花儿的菜没了。菜园里栽着一些橘树，那些橘树由小到大，春天开一些白色的花朵，秋天挂着无数黄色的橘。

　　一条从一个省通向另一个省的高速公路无情地切断了那条水沟，在切开的口子边，那条水沟有着无法忍受的伤痛。在很多人的心目中，水库的水能给村庄带来生机，带来活力。但是水库的水再也无法进入我的村庄，浸润那些质朴又高贵的水稻、芝麻和棉花。

　　守水成为不可能的事。在我守水的沟边，进入村庄的风，吹乱我的头发，想起守水的日子和夜晚，想起守水的人。我不敢断定，在我之后，还有没有人说，回到村庄去守水？面对村庄，便生疑问：守到最后，还守什么？

梨 树

屋后的梨树，很大，树干有桶粗。树皮黑黑的，看不见一点光泽。要是下过长时间的雨，树皮的裂缝里，就长出一些苔藓。我小的时候，经常用一种不太锋利的小刀，在上面挖下一块块的苔藓来。

梨树就长在我家的屋后，原以为，长在我家屋后的树，就是我家的，其实，我错了。队长说，那一棵梨树，就是队里的财产。有一次，我问爹，屋后的梨树，怎么是队里的？

父亲说，那树就是队里的。父亲好像没有给我一点理由。我再不问父亲了。

每年的春天，我就看见那梨树开很多的梨花。开成千上万朵梨花。那些花朵白得耀眼。有时候，我就走到对面的山上，坐在路边，看屋后的梨树经历春天。看那些嫩绿的叶片，在春风中摇荡。

梨子快要熟了的时候，树下就热闹了。我时常趴在属于我的木制的窗前，看树上树下发生的一切。队里有人悄悄地爬上树，摘下一个个快熟的梨来。我就看见过队里的齐嫂爬在树上，手不停地摇那些树枝，树枝上的梨就掉下来。齐嫂赶紧下来，慌张地在地上捡了梨就走。我也看见队长用竹篙撮下来一些个头大的梨，放在斗笠里，就若无其事地走开了。

我把见到的这两种情形跟父亲说了。父亲赶紧捂住我的嘴，叫我别乱说。

后来，我才知道，齐嫂的男人死了，她的眼前站着四个娃，真不容易。队长在队里权力最大，谁要是得罪了他，扣点工分或口粮什么的，谁也奈何不了他。

我从来没有爬上梨树。也就是没有在梨树上摘过一个梨。不为别的，就为父亲的一句话，瓜田不勾腰，李下不伸手。到后来，我才明白其中的道理。

捡梨是我享受的最大乐趣。树上掉的梨，谁捡了就归谁。我有很多在树下捡梨的经历。夏天多大风，大风一来，呼呼啦啦，就吹得梨树树枝乱颤，那些快要熟透的梨就落下来。梨从高处掉下来，很多都摔坏了身子，流着汁。梨要不捡回来，蚂蚁就歇在那些口子上，舔那些汁。那些摔得很坏的梨，我不捡它，它往往成了蚂蚁的美食。

捡回来的梨，洗掉灰，洗掉泥，就可以吃了。在嘴里反复地嚼，味儿不是很好，后来一想，自己吃到的是梨呀。

捡梨的不光我一个人。跟我差不多大的娃也在树下捡梨。有一回，我不在家，突然刮了大风，同队的家鱼就捡了一筲箕。等我回来，爹就对我说，队里的家鱼捡了一筲箕梨。我一听，肠子都悔青了。

队里的财产开始分了。队长说，那棵梨树长在我家的屋后，分到了别人，也不好管理，就让父亲认了吧。梨树分到了我家。

父亲就把那棵梨树圈在自家的院子里。我很反对，说，爹，不就一棵树，看管那么严干啥？父亲也不跟我争。

年年，梨树上的梨摘下来，在城里换来的票子，就成了一家人的希望。有一回，要开学了，父亲还没有找到学费，一担箩筐挑到屋后，摘下梨来，那担梨就成了我一学期的学费。

树一圈起来，来树下的人就很少了。齐嫂也不在树上摘梨了，队长也不拿竹篙撮梨了。同队的家鱼也不在大风过后在梨树下捡梨了。那种曾经有过的热闹，很难找回了。

父亲在屋前又择了一处新地方，作为新楼的地基。搬进新楼，与屋后梨树就距离远了。

我还经常走到梨树下，看那树上的苔藓，看那黑黑的树皮，再抬头看看那浓密的枝叶，一看就是很长一段时间。我知道，自己什么也没有给梨树。在平常之中，梨树却给了我很多，给了我很多的快乐，给了我很多的思念。

目光一次次越过梨树质朴的身子时，我的记忆里我的思想里，是由衷的敬佩。

水　车

　　因为水车的远离，我曾一度的伤心。我需要回忆一些往事，在这个阳光很好的下午，我有足够的时间来回忆跟水车一起走过的日子，走过的春夏秋冬。

　　水车在村庄出现的时候，我不知在哪里。比我年纪大的人经常跟我开这样的玩笑，村里的水车要你爷爷的爷爷的爷爷才晓得是哪一年出现的。

　　见到水车，我还小。连我童年的开着七八朵荷花的池塘一起小，连我童年的飞来飞去的蝴蝶一起小。村庄是农具的村庄，锄、锹，犁、耙等等塞在墙壁用石灰水刷过的仓库里。水车有时也放在仓库。我见到的那架水车很旧，旧得那节车厢有点黑，旧得车架失去了光泽。

　　田里缺水，水车就能派上大的用场。水车就要走到池塘边开始对水说话。村里稍为有点力气的人，嘴里吸着最让女人难受的烟，抬着瘦瘦的车架，背着长长的车箱，哟嗬哟嗬走向水塘，在塘边架好。那些有点力气的人往往站在或坐在车上，使劲地蹬车轮，轮子蹬得越猛，水就车上来得越多，袅娜开在车盘上的水花就好看。那些水花就开在我童年的眼里。我就看着那些水花长大了。

　　农闲时，水车派不上用场，就有人建议，水车要用桐油油一油。接着看见村里干事最有经验的人，拿着抹布，很细心地沾上桐油，让车身都有

189

桐油的香味都有桐油的光泽。

村庄的农具分到每家每户时，我才初中毕业。回到村庄的夏天，回到那个极为闹嚷的夏天。我觉得那个夏天让很多的人，都没有睡好一个安静觉。从仓库里走出来的人，肩上或手上都是一份应该得到的农具。

一架水车就分到了我家。我不知道，一架要四人才能踩转的水车，对我家会起到什么作用。

我看见父亲把车架背回来。车架回到了家。我看见父亲把车厢背回来，车厢回到了家。

水车就放在家里。父亲在不漏雨的一处地方摆放了水车，平时父亲喜欢戴的斗笠和晴天不用穿的蓑衣就搁在了水车上。

父亲没用水车车水。理由是，他跟母亲很难踩转那架水车。有一年，有块田里的禾快枯死了。父亲说，难得抬出那架车，就挑水润。娘一路挑着水，就有点后悔，说，分什么样的农具不好，偏偏分到了水车？父亲一担水跟在她后面，也没发什么火。父亲眼里的秋天，干旱仍旧严重。

父亲怕水车过早霉坏，一到秋天，就去他经常走动的肖伍铺买来一小木桶桐油，搬出那架水车，认真地油着，满禾场都让他弄得是桐油的气味。

每年一次，父亲把那架水车油过3次了，也没用它。我就劝父亲，反正不用它，油了也白油。父亲瞪了我一眼，再没说什么。

那年，我高中毕业。我站在离学校很远的村庄，只能翘首遥望那些省城的大学。我手摸着父亲油过的水车，一句话也不说。

果真白油了。后来，村里都用抽水机抽水，很多人都不用水车车水了。再后来是很多人去了城里，忘了水车。

我也忘了水车。2001年，我要拆掉旧屋修建楼房时，父亲跟我说，那架水车怎么处理？

我说，烧了吧。父亲再没作声。

要拆老屋那天，父亲最先动手，搬了那架水车。父亲把那架水车搬到竹园里。上面盖了厚厚的一层塑料。水车留在了竹园。

搬进新居了，父亲见我没有设计水车摆放的地方，也就没有开口问。

现在，我的村庄，要被一条从一个省通向另一个省的高速公路锋利切开。我的房子又要搬迁。得到这样的消息，父亲拉着我的说手说，娃，我在生没有别的要求，下回修房前，让那架水车有个安身的地方。

我一惊。这么多年来，父亲怎么还那么爱着他的水车。

秧　篮

　　秧篮是村庄的农具。插秧时节，秧篮就是装秧的工具。它在村庄到底走了多远，走了多久，我无法知道。

　　在村庄，寂寞的时候，我的确需要回忆一些往事。我能够从那些往事中，看到一些真实，看到一些喜悦，看到更多的遗憾甚至苦难。

　　我在告别村庄的农具里面，只有不停地回忆秧篮，就像回忆生产它使用它的人一样，希望能找到秧篮拥有的风光岁月。很多时候，我的眼里是洁净的秧篮立在田埂上，是做成的秧篮摆放在禾场上。

　　村庄在年复一年地种植早稻跟晚稻。以前种植早稻晚稻，先是浸种，接着是催芽，然后是撒种。待那些秧苗在农人和阳光雨水的关照下长出来，长到七叶一芯就移栽到大田里，那种移栽称为插秧。这个时候，秧篮就不在仓库里沉睡，就像干旱时的一场雨，体现了它在村庄的存在和价值，很多的秧苗靠它从此田传到彼田。

　　秧篮的做法极为简单。就是做一个牢实的木格子底，再用两块削的光滑的楠竹片交叉做成，楠竹片落在木格子的底里，再用竹钉拴住。一般的秧篮有半人高。能多装些秧的，还不止半人高。一副秧篮多半用两年。要不木格子底坏了，要不楠竹片损了。秧篮坏了，就得拿到木匠那里修。

　　村里秧篮做得最牢实的木匠就是何木匠。村里的农具多，坏了自然有人修。何木匠就是专做和修秧篮的。村里有一副秧篮坏了，何木匠就在山上伐一棵杉树。那时候，杉树极少，人们把它看得很贵重。何木匠伐了一棵杉树后，做了一副新秧篮，又补了一副旧秧篮，再看看那些多余的木料，就拿回家，乒乒乓乓打了一个精致的木箱。何木匠原本想把木箱送给村里的胖婶的。哪知胖婶嘴快，说何木匠拿了村里的一块木料，打了一口好箱子。村里人知道了，说何木匠不应该拿村里的东西送人。何木匠就落了不好的名声，暗暗地埋怨胖婶。没多久，何木匠就得了肝腹水，肚子鼓得比胖婶的还大。他坐在病床上，断气前，说，这辈子就是没把打好的木箱子送给胖婶。

何木匠生病时，就不能做秧篮了，装秧也不用秧篮了，早稻晚稻多半是撒播，生芽的谷子往大田里均匀撒开就行了。要不就是软盘育秧，把那些谷子放在软盘里生长。秧子长到三寸长，把软盘搬出来，到大田里或高或低地抛。挑秧的活就少了，用秧篮的机会就少了。

用秧篮挑秧的多为汉子，多为气力莽壮的汉子。有力气的汉子双腿往往陷在泥水里，肩上是百多斤的担子，自然吃力些。也有女性撑着要挑秧的。齐胖子就挑过。齐胖子是她的小名，人其实不胖，村里人要喊她齐胖子，喊惯了，齐胖子也答应顺口了。她年轻时，真的是村里的美人胚子，人见人喜欢。很多男人眼馋，变着法儿整她，就赌她挑秧。秧是整她的那些男人码的，扎扎实实的一满担，要是能挑起来，许诺她不干第二天的活。齐胖子也不示弱，抽了插在田里的樣木扁担，弯下身子，两手扶着秧篮的楠竹片。缓缓地伸直了腰。还有男人吼，要挑上田埂！齐胖子就迈开了步，果真一满秧篮秧就挑上了田埂。第二天，齐胖子照样出工。

分田那年，齐胖子得了尿毒症，自己攒下的钱，治完了，又东挪西借了些，病最终没好。走之前，那些跟她打赌的男人，看着她瘦得不像人样，都后悔不该让她挑一满秧篮的秧；都弄不明白，村里的美人胚子咋就要得绝症？齐胖子走的时候，很后悔，就是不该借那些钱来治病。

分田那年，我家分到了水车，没有分到秧篮。分到秧篮的有方脑壳、行初、三本等九家。有几家不是爱农具的料，见秧篮没啥用了，就劈了当柴烧。只有三本，把那副分到的秧篮保存了四年，一直没有派上用场，也烧了。三本那天还叫我过去烤了一次火。看到那一副秧篮在火里求生。从三本家出来，我没有吱声。

我从秧篮走过的田埂上走了回来。我知道，秧篮是告别村庄最快的农具。秧篮的告别就像很多熟悉的人告别一样，说走就走了。

村里就没了秧篮。秧篮消失了，它再也不能将自己的影子延续下去。这是我在一个叫肖伍铺的地方千百次的寻找之后得出的结论。

那条被春水带走的鱼

那年春天，我惬意地放生了一条鱼，鱼是鲤鱼。

我至今还不知道，那条鲤鱼叫什么名字。

春水一来，那条鲤鱼沿着我喜欢的小溪一直往上游，游到了我喜欢的另外一个春天的下午。下午的春水渐渐窄了，流速不是很快。鲤鱼也就忘了回家，尾巴总是摇来摆去，像跳着舞蹈，悠然自得。

浅浅的水里，就像发现春天一样，就像发现盛开的花朵一样，就像发现熟透的红樱桃一样，我发现了那条鲤鱼。我没有大喊，也没有做声。

鲤鱼游在小溪中，自由自在。我羡慕它，羡慕它没有烦恼，羡慕它没有杂念。

靠近那条鲤鱼是我起初的想法。

我靠近了那条鲤鱼。双手捉它前，我熟稔地卷了裤腿，双脚就轻轻靠近它。就在那一刻，鲤鱼也发现了我，并且选择了逃避，身子使劲朝前一冲。它没有找准方向，一下子跳到了泥滩上。我看见它的身子在使劲地拍打泥滩，溅起一朵朵泥花，那些泥花还溅到我的手上、脸上，溅到彩色的衣服上。

我把喜悦的心情搁在那条鲤鱼的身子上。

我双手紧紧抓住它的头和腰身，在溪水里快速地洗掉了它身上的泥。

这个时候，我看清了它身上重叠的鳞片，无语地密集，犹如一件漂亮的衣服；看清了它一张一合的双鳃是那样诱人。我估计，自己是春天的村庄里，第一个抓到鲤鱼的人。我有一种满足，有一种说不出的喜悦。

泥滩上的鲤鱼，成了我手上的鲤鱼。我发现了它的无奈，发现了它的疲惫，还发现了它隐藏在内心的恐惧。

从那条小溪里走上来，我看见了正在明媚的村庄。春水荡漾的梅花塘就在我的眼里。

梅花塘边长着一棵梅。我对那棵梅说，我要放生一条鱼！这是我最好的想法。

梅树用一树的细叶见证了我的举动，梅花塘用一塘的清凉之水也见证了我的举动。我没有急着回家，站在梅花塘边，手上的鲤鱼，不断地鼓动双鳃，一双眼睛美丽地看着我。

我低下身去，把那条鲤鱼放进了梅花塘。鲤鱼下到水里，迅速地摆动了身子，就在水里活跃起来，然后，就朝深水里游去。梅花塘是宽广的。我要让它在梅花塘游走、生长，还要让它呼吸水里的氧气，并且跟其他种类的鱼和谐相处，跟水里的菱与荷相处。

鲤鱼在梅花塘总是处在舒展、活跃、悠然的状态，那是鱼与自然和谐的状态。我看见那条鲤鱼大胆地在菱间跳跃，在荷叶的阴凉里穿梭。在那样的状态里，鲤鱼成为了梅花塘最幸福的鱼。

很多次，我打开村庄的地图，打开沅水流域的地图，还打开洞庭湖流域的地图。我发现，梅花塘跟那条小溪是相通的，小溪跟柳叶湖是相通的，柳叶湖跟沅江是相通的，沅江跟洞庭湖是相通的。我想，那条鲤鱼肯定要畅游水域的宽广与美丽。

一场突如其来的雨，让梅花塘臃肿发胖。那些朝外流动的水除了发出响声之外，还带走了塘里的很多鱼，包括那条我越来越喜欢的鲤鱼。

我再也没有看见那条鲤鱼。

两年过后，梅花塘干涸，塘里捞上来很多半大不小的鲤鱼，唯独没有看见那条我亲手抓住又亲手放生的鲤鱼。其实，我早就知道，那条鲤鱼到了另外的水域。

　　在鱼和水的爱情里，我无法忘记它们的经典对白：鱼说：你看不见我的眼泪，因为我在水中。水说：我能感觉到你的泪，因为你在我心中。走遍村庄，我仍旧把鱼和水的对白牢牢地记在心里。

　　现在，很多的鱼生活在我的生活里。很多的鱼生活在我喜欢的梅花塘。我想，当初，那条被春水带走的鲤鱼，给了我那个春天下午的喜悦，我不必知道它叫什么名字。

　　那是一条叫自然的鱼，平常之间，让我拥有了一颗自然心。

羊

二铁决定用手头的钱买一只羊。

二铁就去买羊。

羊是在山下的小铺买的。二铁起了早床，就去了小铺，二铁在铺里待了三个钟头，三个钟头里，二铁数了九次钱。钱数到第九次时，才见一个黑脸女人牵一头羊来了。

那是一只白羊，身上的毛很柔的样。

黑脸女人没问，二铁就开了口，羊卖啵？我给最高的价。

黑脸女人就点了头，伸手接过二铁数了九次的钱后，就看见二铁牵了羊回家。那羊走在二铁的身后，像一团走动的棉絮。

二铁回过头来对黑脸女人说，差你的那点钱卖了羊再送过去。

路上碰见村主任，村主任就说话了，买羊了？

二铁就一声"嗯"。

二铁就开始喂羊。

天一亮，二铁就把羊牵到山脚下放，自己就在离羊不远的坡地里扯草，扯出来的草，隔一会儿就送到羊的嘴边，那羊看了看那些草，就有一口没一口地吃。

天挨黑儿，二铁看了看还有一竿子高的太阳，就吆了那羊回来，瘦瘦窄窄的山路上走着二铁和羊。唯有不黑的是羊，是羊身上的毛，点亮了村庄的夜。

转眼夏天了，那羊明显地大了。夏天的柳荫下，二铁一身汗水地站在树下，手里拿一破草帽不紧不慢地扇些风，那头羊也跟二铁一样地纳凉，羊吃饱了草，不纳凉，干啥？

就在二铁和羊纳凉的当儿，走来一个人，那人戴着眼镜，眼镜问二铁，这是谁家的羊？

二铁回一句，你问谁？

眼镜说，问你。

二铁说，二铁的。二铁就停了扇风。

眼镜说，喂只羊，得交十块钱，算屠宰税。二铁弄不明白，自己闲着，倒没事，喂只羊，还交钱。

二铁不跟眼镜争，认定眼镜来了是要钱的，二铁说，等卖了羊再说。眼镜看一眼二铁，说话算话。二铁说，说了，哪有不算的？

羊啃完了秋天的草后，上膘上肥了，那羊的膘，那羊的肥是搁在羊身上的。

羊贩子左看右看看上了二铁的羊，羊贩子说，进这山窝窝里，不买走二铁的大架子羊，算白来了。

羊贩子对二铁说，给一百五，就一百五！不就一只羊？

二铁说，加一点，要不，我不卖。

羊贩子对二铁说，为啥？

二铁说，我答应给黑脸女人最高的价，上次买羊的时候，还差她一点，不给不放心。再就是戴眼镜的要十块钱。

羊贩子听完后，摇摇头就走了。

羊贩子走后的第三天，二铁的羊就死了。

二铁面对那只死羊，什么也没说。

那个山村里，雪飞扬冬天的快乐。眼镜轻轻地叩开了二铁家的门，门开了，出来的是二铁认识的黑脸女人。

那女人说，二铁不在家，二铁走的时候说，一个戴眼镜的来了，就给他十块钱。

眼镜"哦"了一声。

眼镜接过黑脸女人的十块钱，就要走进雪中之前，黑脸女人说，二铁的十块钱，算白出了，喂了一只羊，没换半张票票。

眼镜把一句话抛在脑后：他二铁喂羊不易，下次再不收二铁的羊税了……

少年梦·青春梦·中国梦——中国故事
[伍中正] 云很白

翻越那座山

　　那山窝窝里的亲事多由媒婆说成的。山窝窝里人坚信：天上无云不下雨，地上无媒不成亲。亲事成与不成，全在媒婆。

　　霍让媒婆说亲了。霍是这山窝窝里的标致后生，二十岁出头，就惹了媒婆的眼睛。媒婆问霍，后山有个俊俏的妹子，要不要？霍没说话。霍怕那俊俏的妹子看不上。

　　媒婆保证：后山的妹子看得上，你这么得体后生看不上，看谁去？

　　霍没话了。

　　其实，霍已看上媒婆的女儿达达。霍几次想请媒婆说媒，怕媒婆不答应。达达生得眉清目秀，的确是山窝窝里的一朵花。达达心里也存有那份意思，就是霍没请媒婆来，达达心里还着急地等霍。

　　霍依了媒婆的。霍在媒婆约的日子里看亲了。霍的穿戴极为整齐。媒婆说，得翻过那座山。霍和媒婆就出门了。

　　山极静，山路极静。霍和媒婆进山了。

　　霍一路走一路问媒婆，对方怕看不上我？

　　媒婆鼓励霍，讲好了来的，人家妹子不要彩礼，不要折妆要的是体面后生。

　　霍说，体面又当不得饭吃。

媒婆说，当得当得。

霍的胆子才大了起来。

霍和媒婆已到半山腰。霍说，周婆婆，要是那妹子看不上我，咋办？

媒婆说，看得上的。

实际上，媒婆也在担心，什么事也说不准，说变就变的，要不变就好了，这趟亲事就成了。

霍便跟着媒婆走去。

翻完山，轮到下山了，霍和媒婆走得极为轻松，下了山，遇一河，桥已让前些日子的大水冲走了，霍连忙脱下了衣服脱了鞋，背媒婆过河，霍当眼前是一个急着要过河的人，并没有犹豫。

媒婆说，怕不合适呢？

霍说，周婆婆帮了我的大忙，背一回，也是应该的。你就是不帮我说媒，我也背您。

媒婆不好意思地到了霍的背上，霍双手抄起媒婆的屁股。霍就在河里用脚探路，一步一步走向对岸，村庄就不远了。

媒婆让霍站在河边等，霍就站在河边等。媒婆就进村了，媒婆是高兴进村的。

媒婆出来脸色就变了，口里还几句，就个把星期光景，妹子的爹娘就变了心，收了人家的彩礼，人也不让我见了，说变就变。

霍知道出了什么事。霍并没有耷拉脑袋。

霍知道媒婆的心里也难受，媒婆正一拳一拳地敲胸。霍劝，周婆婆，别悔了，回去，还是我背您。

霍又背媒婆过河，过了河，又上了山路，山路静极，山静极。

媒婆说，小霍，周婆婆做媒这么多趟，错拐不成的不多，今日个也不白让你跑一趟，回家了我跟我那闺女说说。

霍听明白了。

霍劝媒婆，周婆婆，亲事没说成，我不见怪，常言道：肉在锅里炖，亲事算不稳。况且这还只是一个开头，不成就不成，算了。

媒婆经霍这么一劝就铁了心：霍儿，你若不嫌弃，达达那里我说准了。

霍叫了媒婆一声娘。从山下到山上，翻过来，再下山，霍和媒婆走得比先前还快。

霍觉得已翻越了那座山。

没过多久，山窝窝里传出话来：有娘给女儿做媒的，还成了。

晒谷场上的麦香

　　我最初闻到的麦香是在晒谷场上。那是一种刺激食欲的香味。我把麦子的香味保存在记忆里。

　　地里的麦子割回来，就一捆捆放在晒谷场上。我们就在麦子堆里玩。有时候，我把自己藏在麦堆里，小时候，我站在麦子堆上。那种扑鼻的香味纯、正。回家时，我感觉，我的身上都留存着麦子的香味。

　　听队里的人讲，过去，麦子是用石碾碾掉的。就是把麦子铺在晒谷场上，用牛拉着石碾反复在麦子上压来压去。我没有看见用石碾碾麦子。如果，我看见了，我肯定会留意，那些麦粒是怎样地脱离麦草的。

　　脱麦子的场面很大，要几个人才能忙得过来，抱麦的，掀麦的，掀草的都要相互配合。那个时候，我觉得，乡村脱麦时，体现了一种团队意识。麦子是脱粒机脱的。脱粒机的肚子很饥饿，一个人不停地喂麦子给它，它都吃不饱。脱掉的麦子就掀到晒谷场上晒，麦草也掀一边去。每次脱麦时，我喜欢看。娘要我站得远远的，怕飞来的麦子伤着了我的眼睛。

　　很多人脱过麦子，脱麦子时灰大，有点呛人。因此脱麦子的人得半戴口罩，牛皮就戴过口罩，一副白色的口罩，戴不了多长时间，就沾了不少麦灰和汗水，颜色就不对劲了。我老是看见牛皮戴着的口罩是半新半旧的。还有人戴一副眼镜，汉初哥就戴过。他怕的是麦粒扎进眼里。他还怕在干活的时候眼镜抖落，还在眼镜上加了一根又细又油腻的绳子，那绳子轻轻地绕在脑后，乍一看，还看不见。

有人还在麦堆里掐麦草。景升叔就掐过，景升叔是队里的裁缝，他把那些掐好的麦草编成草帽。景升叔的草帽一戴出来，就有女人眼红，眼红的女人要抢着戴。景生叔望着好好的草帽让女人抢烂了，景升叔脾气好，也不生气。烂了就烂了，等新的麦草出来，再做一顶就是。

麦子一脱完，晒谷场上就有了一大堆麦草，麦草堆得有小山高，我经常从麦草的这边爬到那边去，有几回不是很成功，爬到一多半处，脚下的麦草很滑，就滚落下来。我不光自己在麦草上滚过，还邀过青衫，青衫腿脚溜巴，从这边翻到那边，再从那边翻过来，一回都没有滚落。青衫穿一套大红衣，当我看见她从麦草的顶部像一团火焰一样滚下去时，我就当青衫是我眼里的火种。她有可能点燃村庄。红衣上沾着了麦草还有灰尘，青衫她娘就把她喊回家了。我望着回家的青衫，半天没有说话。然后，一头钻进麦草，在里面小声哭了起来。

有的麦草上还有没脱干净的麦粒，有的人家就到晒谷场上一担两担的把麦草挑回家。我就看见，黄婶要她的男人挑过好几回。男人不肯挑，说，那是队上的东西，队长不发话，乱挑不得的。黄婶就来了火，说，昨晚上，我没发话，你就在我身上乱动。男人又气又笑，不久，一担麦草就挑了回来。她家的鸡就奔跑过去。

麦子在晒谷场上越晒越干。晒干了的麦子，还要去杂，去杂就是去掉土屑和麦屑。然后才能挑到粮站卖。

不是所有的麦子都卖掉，除了留种，各家各户还能分上一袋半袋的，当做半个月的口粮。

我家就分到过半袋。

有的人家把麦子炒熟，再放到磨子上推出细细的粉末来，那粉末就是炒面。娘不会做炒面。有一回，黄婶给我送一小碗炒面，我吃得急，呛着了，半天说不出话来。娘要我喝喝水，还说没事没事。后来，分来的麦子一半卖了，另一半做了一坛麦酱。

我从麦酱里吃出了麦子潮湿的香味。

2007年，我参加全国小小说金麻雀奖的颁奖典礼，举办方还组织了到少林寺的旅游活动，车出郑州，我看见郑少高速公路两边地里的金黄麦子。我久违的麦子一下子像亲人一样的进入我的眼中，情感的泪水溢出了眼眶。

如今，村庄再不种麦。那种我想要的麦香，如风而逝。

酸豆角的记忆

酸豆角是一道菜。

10 岁那年，我的眼里是酸豆角，胃里是酸豆角。

那年的夏天和秋天，我的餐桌上就出现了酸豆角，我对它就有了认识。那是夏天，娘把菜园的豆角摘回来，将豆角切成一截一截的，每一截都很短，切碎的豆角用食盐搓揉后，放进坛子密封。三四天后，娘再从坛里抓出在锅里炒熟，放点油和辣椒，这样做成的菜，就是酸豆角。

在我眼里，非常炎热的夏天，娘从菜园摘回豆角，然后，在安静的竹园里，放一个木脚盆，把一小块木板垫在脚盆当中，她就坐在脚盆边，用那把她非常喜欢的菜刀，切碎那些豆角，一小把一小把的豆角发出了轻微的喊声。切完豆角，她用衣袖擦拭了脸上的汗粒。那样的场景，真像一幅画，我永远记得。

在我眼里，我经常看见娘站在低矮的灶台，把从坛里抓出的豆角放在锅里来回地炒。灶口跑出的烟不时地熏了她的眼睛，她的眼让烟熏出了泪水，还有，锅里冒出的热气，也往她的脸上来，一阵一阵地烫她。娘挺住了，她总是把酸豆角做好，做出味道来。

就这样，我的饭桌上经常就有了这样的酸豆角。有时候，用它来拌米饭吃；有时候，我把它放在稀饭里，总能吃出酸酸的味来。

在我的印象中，一坛酸豆角，一家人总能吃上 10 来天。吃没了，娘又开始做。

渐渐地，菜园的豆角没了。渐渐地，餐桌上的酸豆角越来越少。吃完秋天那碗酸豆角后，我眼望着娘，娘没有说什么，来年又在门前的菜园种下豆角。后来的夏天和秋天，我总能吃到娘亲手做成的酸豆角。

后来，我才知道，做那些酸豆角时，娘很年轻，她能在极短的时间里，顺利地做好一坛酸豆角。

来我家做手艺的人也能吃到酸豆角。那一年，从鳌山来了一个打椅子的手艺人。娘留他在家里做几把椅子。请手艺人干活，就要管手艺人的饭。到了吃饭的时候，娘把一碗酸豆角放在餐桌上，算是一个配角菜。没想到，打椅子的手艺人特别喜欢吃。等椅子打好，娘还特地给那个打椅子的人用一张塑料包了酸豆角，大概有一碗的分量。打椅子的手艺人很满足地接下了娘送的酸豆角。

家里吃不了的酸豆角，娘还卖到铺子里去。也是后来才知道，铺子里有很多人买过娘做的酸豆角。她经常去的铺子是阳山脚下的茶盐老街。那时生资店有个姓王的老板，自己做的饭，只要娘去卖酸豆角，他都要叫住娘，买下娘做的酸豆角。有一回，娘没有去铺子，王老板还走上四里路到家里来买。娘只得答应单独给他做，等几天给他送过去。有了这样的答复，王老板才肯走。

去年的夏天，娘做酸豆角的经历，画上了一个圆满的句号。当高速公路经过我家的菜园时，娘所有的呼喊变得非常脆弱。她没有找到一块适合种豆角的地。当那些疯狂的挖掘机在挖那一满园竹子时，我就知道，娘再不可能在竹园很满足很悠闲地切碎那些鲜嫩的豆角。当那些民工拆掉那低矮的灶台时，我知道，娘再不可能在灶台边转动，做出我喜欢的酸豆角来。

从 10 岁那年开始喜欢吃娘为我亲手做的酸豆角，到 41 岁还想吃娘为我做的酸豆角，这是一段真实的经历。有时候，我在想，这一段经历，我看见了娘的年轻，也看见了娘的朴实，更看见了娘的无奈。这一段经历，有生活的逆来顺受，更有生活的酸甜苦辣。

　　现在，无地可种豆角，餐桌上有没有一碗酸豆角已经显得不太重要。

　　重要的是酸豆角已经留存在我的记忆里，留存在我的内心深处，随时，我都能从胃里翻出来，从目光里清洗出来，可以阅读，可以回味。

木　犁

很多夜晚，我听到木犁喘息的声音，那种喘息，穿越了村庄的过去，穿越了我的灵魂。

25 年前的春天是一个很好的春天。很多的草在田坎上冒出绿色，苦楝树的腿部有点弯曲，不到两尺高，我看见它很艰难地冒出了绿绿的叶片，在微风的吹拂下，很乡土也很自在。我把苦楝树挖回了家，栽在了门前的土坡上。

过了春天过夏天。苦楝树经历了十个春秋，它那弯曲的部分就成了我最为欣赏的部分。站在它的浓荫下，看着它弯曲的部分，我想，将来做一张犁就好。

锯下苦楝树，我喊来了村庄里年老的蔡木匠。蔡木匠会做犁，很多人说，他做的犁好用。那个时候，蔡木匠跟张木匠比试过，同样的料，同样的时间，看谁先做好，看谁做的犁好用。蔡木匠的犁让人搬到田里，一用，说张木匠的不如他。张木匠后来就不在村庄里做犁，只做家具了。蔡木匠在禾场上摆好工具，不到两天的刨刨砍砍，一张崭新的犁，就平稳地站在我家的禾场上。像一位出征的士兵。犁做好那天，我陪蔡木匠喝了两斤谷酒，还把那些刨砍下来的木屑刨花当柴烧了，红红的火焰温暖了那个春天。

15 年前，木犁就成了我家货真价实的农具。我有过感叹：我的木犁是如此完整。瘦弱的父亲走过来用摸无数庄稼的手，摸着了它的结实摸着了内心的顽强，就对木犁生出好感。以后，他走到哪里，就宣扬木犁的好处。很多人走过来说，这张木犁好。

拥有一张犁就拥有了好心情。要犁田了，牵出牛，搬出犁就走向田边，木犁经过了泥水的浸泡，经过了紫云英一路开过的田野。要犁地了，就一路吆着牛，肩上背着犁，一步一步走到地边，木犁经过了泥土的碰撞。挨近冬天腊月，犁不用了，我就打了一小瓶桐油，从犁尾油到犁头。让桐油的味道一直弥漫它的周身。我再把木犁放在远离潮湿的地方，或搁在仓顶，或挂在木柱上。

我跟木犁走过很长一段岁月后，我不知道，木犁在那些铁制的犁前会呈现怎样的一种心情，呈现怎样的一种失落？经历了很多次的使用之后，那张犁再没有以前牢实。当我小心地扶着犁把，在它深入泥土时，它经常的吱嘎作响，我很害怕，它会成为一张断犁。它没有断，却分明让我听到了它喘息的声音。

10 年前，我把它放在了老屋的墙脚，我在它的下面垫上了两块青砖。放稳它，我还坐在它的身边，我仿佛看见它从最初的一棵树变过来，想象它在禾场上在田地里走过的欢快岁月。我不知道，木犁日渐苍老的身子要在墙脚经历多少时光？当我站起身子离开时，我看见那张犁的目光有些呆滞，有些麻木，有些惶恐。

5 年前，我忘了那张犁。老屋要拆了，父亲走向了墙脚，搬出了那张犁。犁不再是当日的样子，犁底让白蚁吃空了，还有一些白蚁在上面慌乱地走着。

父亲把那张犁放到蔡木匠做它的地方。犁再也没法站住，犁倒了下去。沉闷的一声响之后，我惊呆了。我不敢去触摸它，更不能唤它的名字。父亲用手很轻易地拆掉了木犁，也就拆毁了它。我没有走近父亲，也没有走近犁。

现在，我站在蔡木匠做犁的地方，我多么希望那张犁能站起来，安静地跃过很多年，回到很多年前，回到耕耘泥土的时光，回到一棵树，回到春草挤满的田坎上……

废　窑

　　砖窑是乡里领导拿定主意后建的。建窑那年，很多村民参加了劳动。砖窑的烟囱还是乡里领导请了一个专门修烟囱的建筑队修好的。

　　不到三个月，窑建好，就开始烧砖。砖窑烧制的红砖，满足了城里人建房，也满足了村里人建房。

　　红砖生意很好，等候拉砖的车辆，一辆接一辆排队，排队的车辆从场内排到了场外。

　　牛尾看着那红火的场面，就有点心动，再没有比承包砖窑更来钱的了。

　　牛尾下定决心，一定要承包砖窑。他提着一袋子钱风风火火地来到乡财政所，交了承包款，然后就在砖窑承包协议上刷刷地签了字。

　　拿着那份协议，牛尾站在砖窑边，他大喊了一声：砖窑是我牛尾的了。

　　牛尾辞退了本乡本土的民工。起初，有几个民工跟他拼命地闹，说，牛尾，你个白眼狼，好处都不让村里人得。

　　有人还故意推倒了烧好的红砖，有的人还堵住了拉红砖的车。牛尾见了，抛出一句话，推砖、堵车，我都认了，以后再闹，我对你们不客气！

　　后来，再没有人推砖，也没有人堵车。

牛尾招的全是外地民工。在牛尾眼里，外地民工很听话，拼了命地在砖窑干活。

牛尾运气不好。那一年，整个砖场场坪积压的是没有卖出去的红砖。

那一年，牛尾仔细一算账，自己亏了。

牛尾借了一笔钱付清了所有民工的工资，让外地民工一批批回家了。

牛尾看看昔日红火的砖窑到了他的手上，就成了废窑，他怎么也想不通。

牛尾背着一个大背包，在砖窑前大喊了三声：砖窑！砖窑！砖窑！然后就消失在村庄。牛尾走出村庄前，长鱼见了他一眼。长鱼说了一句：村里就你一个人有胆识！

牛尾一句话没对长鱼说，疯一般地跑开了。

有人说，牛尾跑了，他不跑不行，他借的都是银行的钱，要账的睡在他的家门口。

砖窑废了。

长鱼打量了砖窑，不停地感叹：牛尾，村里人不感谢你，长鱼得谢你，你给了长鱼一个好住处。

长鱼住进了砖窑。他在窑里放进了日常生活用具。

长鱼住进废窑的事，让村主任知道了，村主任赶紧过来，一直劝说，长鱼，你是村里的特困户，县里领导慰问的重点对象，下次来，要见不着你，村干部说不出理由。

长鱼说，你就说村里没了长鱼，长鱼出去打工了。

村主任走时，说，长鱼，你太不支持村里的工作了。

长鱼对着村主任的背影说，长鱼住在牛尾的废窑里，也叫不支持工作？

住在窑里，长鱼没事，就吹笛子，长鱼有一段没一段地吹。也不知吹的是啥曲子。那阵子，村庄的人听到笛子声，说长鱼一个人在废窑里发神经。

长鱼觉得住在砖窑好。夏天凉爽，冬天温暖。夏天，窑顶上的雨棚遮了火毒的太阳。冬天，呜呜作响的北风吹不进窑里。

春天了。春雨一场接一场地下。废窑也开始漏雨。村主任要长鱼住到别的地方，莫等窑塌了。

长鱼说，我看过了，窑结实着，不会塌。

村主任无奈，只得依了长鱼。

年底，村里干部要集中慰问长鱼，送点粮食和衣被。

长鱼接过村主任手中的粮食，感激的话说完后，又说出了自己的想法。

长鱼拉着村主任的手说，以后，不用来送了，长鱼出去拿就是了。

村主任问长鱼有啥要求，长鱼说，要说要求，只有一个，窑里暗，最好安上电。

村主任说，村里尽量满足长鱼的要求，安排村里的电工，往窑里牵了电。

果真，每到年关，长鱼就在村里领回粮食和衣被。

从监狱里跑出来的逃犯惊动了当地的公安部门。悬赏抓逃犯的告示贴到了村里。人们的嘴上都在议论逃犯的生死和去向。

村主任告诉长鱼，最近监狱跑了一个犯人，见着了，要向村里报告。他还对长鱼说了犯人的大致面相。

长鱼说，一定报告。

长鱼那天起来，就发现废窑里躺着一个人。

长鱼没有叫醒那个人，就走出废窑。

村主任带着很多人来到废窑，那些人将废窑围了个水泄不通。

那个躺着的人还没有站稳就被抓住了。村主任对着告示上的逃犯面相比对了一下，就往派出所送。

当地的公安部门一定要将抓住逃犯的 5 万块钱赏给长鱼。没有长鱼，没有长鱼提供的线索，抓捕逃犯很可能还要持续一段时间。

长鱼一点心思没费地拿到了 5 万块钱。

长鱼一分不少地把 5 万块钱捐给了村里。

村主任说，长鱼，你一个人还吃着国家的救济，拿了 5 万块钱，往后可以养老。

长鱼说，长鱼揣着 5 万块钱，睡在废窑里，不安全。再说，拿 5 万块钱，也不该长鱼一个人拿，大伙都帮着抓了坏人的。

村主任只得依了长鱼。

2010 年，牛尾开着一辆宝马风光地回到了村庄。

牛尾要实现他办工厂的梦。他把宝马停在砖窑边，一步步走进废窑。在窑内，他看见了长鱼。

长鱼一眼认出了牛尾。长鱼说，牛老板，你的砖窑还在，长鱼一直在给你看着。

那一刻，牛尾的眼里是泪。

百孝书

　　在武陵，能写字，并称得上书法家的有两个，一个是宋金，一个是曹匹。

　　宋金在机关坐办公室。闲时，除了看报喝茶之外，尝到了写字的乐趣。每天午休，没人打扰，他在办公桌上展平看过的报纸，手提笔，笔沾墨，就在报纸上练字，一直练到下午上班。

　　不练字前，那些报纸，宋金都是捆好后提到废品店当废品卖。后来，他把那些练过字的报纸捆起来，再提到废品店卖。老板对宋金不满，说，宋金，下回，你写过字的废报纸，再不要提来了。

　　宋金问，为么得？老板说，卖不出去。

　　宋金一笑，说，老板，往后，我送你一张我写的书法，抵你卖一车废报纸。老板摇摇头，不信。

　　以后，宋金再不去废品店，那些练过字的报纸，他让打扫机关卫生的老王提走了。

　　宋金坐了五年办公室。五年内，在职位方面，没有一点动静，倒是字写出了格。

　　宋金写字，专长写一字，一字写百体。外行人笑话他，一个字横来竖去的写，不就一个字？内行人见了，佩服不已，称宋金将来肯定是大师级人物。一听这话，宋金脸上就挂笑，就有一种满足。

宋金最得意的百字就有好几个。他写过百"德"，写过百"佛"，写过百"水"。后来，他寻求发展和突破，把十二生肖依次也写了个遍。宋金最看重最拿得出手的是他的百"牛"百"马"，还有百"龙"。

宋金的百"牛"写毕，有个老板暗暗跟他出五位数，愿意买走。宋金摇摇头，不卖。他把那幅百"牛"挂在卧室自我欣赏。宋金女人知道这事，埋怨宋金，说宋金的百字"牛"挂在屋里，一点也不牛，等于废纸一张。话语中，有冷嘲热讽的意思。宋金不跟女人计较。

写了很多年的字，也写了很多的字。宋金想，在武陵，怕没人与自己较劲，一比高下？

宋金错了。敢跟他一比高下的人有，那人是曹匹。

曹匹，南坪人，少年丧父，中年丧妻丧母，膝下无子。

一直以来，曹匹习书，不贪多。他最爱习百字，也就是他常把一个字写成一百种笔法。还有，他最爱书的字就是"孝"字。曾经有一段时间，尺幅之间，他书的"孝"字，无论大小，绝对拿得出手，他对他的"孝"字非常满意。

在南坪，曹匹名声渐大。

南坪中学的校长找到他，说中学里虽人才济济，但教书法的老师为零，还请曹匹先生到南坪中学为学生讲一堂书法课，一来让学生开开眼界，二来也提高提高曹匹先生的知名度。

曹匹想，也行。于是欣然答应了校长。

那一天，曹匹去了。偌大的操场上，置了一块黑板，黑板上贴一宣纸。黑板前，还放了一讲台，讲台上笔墨俱在。讲台下，是席地而坐的学生。

讲课时，曹匹没有忘记丧父的苦痛，虽然人到中年，他把"孝"的内涵讲得操场上的同学差不多都哭了。然后，再讲结构。最后书写。很多同学为他写的"孝"字不停鼓掌。课毕，他把自己书写的那个"孝"送给了唐云。

那天，唐云跪在曹匹跟前，跟他要那个"孝"字。一时，曹匹觉得奇怪，好几百学生，就唐云一人要字。曹匹二话没说，给了。

那一刻，曹匹有了一种快感。

那年秋天，曹匹丧妻。出殡前，曹匹烧了妻子用过的衣物。唐云过来，从书包里拿出那个"孝"字，反复地看。曹匹见了，顺手往火堆里一丢，那个孝"字"倏地化作一团青烟。

唐云跪在曹匹身前，连磕了3个响头。磕完，唐云模糊着双眼说，往后，愿意照顾曹匹叔。曹匹一听，眼中泪水打转。

一段时间，曹匹不写一字。理由是，曹匹娘肝癌晚期，曹匹心思不在写字上。

曹匹日夜照顾娘。为娘治病，曹匹拉下了债。躺在病床上的娘很感动也很无奈。娘说，曹匹，娘的病拴住了你，让你揪心。娘相信，你为娘熬药的手，会把字写得更好。娘在那边会看着你写字的！

曹匹一听，泪水轻弹。

半年后，曹匹娘落气。落气前，曹匹抱着娘哭。

曹匹半带哭腔说，娘，苦了一辈子，往后看不到曹匹的字了。

娘走半年后，曹匹想，写一回吧。

曹匹非常自如地写了幅百"孝"。一百种笔法的"孝"字，浑然天成。然后，他把百"孝"藏在了柜里。

宋金跟曹匹是在武陵书展上认识的。那天，书展共展出了上百幅作品。那些作品中有宋金的百"牛"，有曹匹的百"孝"。两幅字挂在一起。

宋金站在曹匹的作品前，不说话。

曹匹站在宋金的作品前，不指点。

看完书展出来，宋金跟曹匹小声说，曹匹，我的字是用名利之心写的，属拙作。你那百"孝"是用孝悌之心写的，属精品。

曹匹看看宋金，很久了，曹匹问，真的？

两只水桶

我的记忆中，有两只水桶，无论我走到哪里，都走不出它们的目光。

两只水桶是谷师傅做的。谷师傅是我们村子里有名的圆桶匠。手艺好，名声好。家家户户有活儿都愿意请他做。谷师傅爱喝点小酒，往往也就是喝一小盅。做完活儿的谷师傅多半在主人热情的招呼和劝慰里，一小口一小口地抿着谷酒。印象中的谷师傅酒后红润着脸，却没见他醉过一次。

家里等待两只水桶的出现。母亲在等，父亲在等，我也在等。

一家人的想法凑在一起后，父亲提出，请谷师傅来。于是谷师傅带着斧头锯子来我家。不出两天，谷师傅就在砍砍刨刨里做成了水桶。两只水桶搁在地上，我的目光感受到了它们的高度。

水桶属于我家。新的水桶做好，谷师傅叮嘱父亲，水桶要用桐油油漆，这样才经久耐用。按照谷师傅的说法，父亲买回了桐油。禾场上是三月暖暖的阳光，不远处是开得正红的一树桃花。我看见父亲在禾场上用一小块绒布蘸了桐油，在那两只水桶上反复地涂抹。

两只水桶就散发了桐油的光亮和气味。桐油一干，我用手敲水桶，咚咚咚，水桶发出的声音，很好听。

有了新的水桶，一家人很高兴。

新木桶派上用场。一家人用它来担水，还用它来盛装食物。父亲每天要用它们从门前池塘担回清清的两担水，保证每天的生活用水。有时候，我家也用它们装东西。特别是腊月间，家里做了豆腐和年糕，没有器具来装。母亲就自然想到了水桶，就用水桶装豆浆和年糕。

水桶最怕干燥。热天里，水桶放在荫凉处，要不水桶会出现裂缝。裂缝了就会漏水。父亲总是叮嘱我，水桶用过后，要放在荫凉处。

有一回，我把水桶放在太阳下，很猛烈的太阳把水桶晒出裂缝来。父亲担水回家，一路上尽是水桶隙缝里落下的水流，到家时，只有半担了。为此，父亲还责备了我一次。从那以后，我让水桶保持一种湿度。

水桶就在我的生活里出没。每次挑上它们，我就觉得它们是我身边最亲最近的朋友。

一晃二十多年过去了，新水桶成了旧水桶，再也闻不到当初桐油的气味，再也见不到当初光亮的颜色。它们会不会从我的生活里走远？我开始担心。

2010年，我所居住的安置小区一律用上了自来水。我再也用不着担水了。父亲叮嘱我把两只水桶搁在新修的三楼。渐渐，我也觉得它们与我装修完美的房间有点格格不入。

水桶回到了我的手上，我两手各提一只水桶走向三楼，发现提在手上的水桶越来越轻，轻到没有一点重量。在三楼，我仔细看水桶，它们出现了裂缝。我再用手一敲，它们发出了沉闷的声音，很难听地响在高高的三楼。

那一刻，泪水模糊了我的眼睛。眼前的水桶就像两个失声的老人，一句话也不说。

水桶也站在三楼，再没有与春天亲近，再没有与水亲近。曾经是它们的过去，是村庄的过去。我想，只有平凡的事物，才有这样的高度，才有这样的胸怀。

未来的日子，我会很少看它们，碰它们。我知道，时光同样会把我碾成一粒微不足道的灰。

两只水桶像在村路上的老人，越走越远。

婉　秋

来到工地，婉秋就一头扎在男人堆里。

男人抬石头，婉秋甩开膀子，就抬。一天下来，也不喊累。

男人下沟掏黏糊的黄泥，婉秋三脚两脚趟进泥沟，就掏。一天下来，更不叫苦。

男人们看不下去，有人对着她说，婉秋，不用抬石头，也不用掏黄泥，往后做饭。

婉秋对众男人笑笑，说，做饭吧。

男人们觉得，干完活回来，有现成的饭吃，也不亏。男人们还觉得，毕竟婉秋是女人，暗地里帮她一回，值。

婉秋觉得，自己再不用抬石头再不用掏黄泥，也不亏。

做饭也不轻松。做饭就得起早床。婉秋起得比男人们早。起来，就在工地临时的灶台边转悠。天一亮，婉秋就喊开饭了。男人们起来就拿着碗筷过来吃。

晚上，男人们洗完手脚就上铺睡觉。婉秋把那些碗洗得叮当响。有的男人就在那叮当响的洗碗声中，慢慢来了鼾声。婉秋看看那些倒在通铺上的男人，嘴里就叹一声：男人也不容易。

工棚不大，住处就更紧了。男人们睡通铺，婉秋睡单铺。

工地上没有茅厕，拉屎就在工棚近处。拉屎就寻远处的树丛。半夜里，铜锁出去撒尿，夜一静，听得见尿落地的声音。天一亮，男人堆里就有人说，谁谁昨晚上一泡尿好长，像落了一场雨。

那天早上，铜锁让男人们笑红了脸。

那天早上，铜锁走近婉秋，轻声告诉她：在地上放把草，晚上拉尿在草上，声音就轻了，不然，男人们会拿你拉尿当笑话说的。

夜里，婉秋果真憋了一泡尿。起来撒，她怕撒出声响，就在地上垫了一把草。一泡尿撒完，没一个男人听到响声，也没一个人笑话。

一下雨。工地上干不得活。男人就窝在一起打牌。打完牌，就等饭吃。

雨一连下了好几天。婉秋觉得闲。就在镇上买了毛线和针。婉秋再一闲，就打毛衣。

婉秋还是窝在男人堆里打毛衣。

男人们打牌打得兴头高，婉秋在男人面前一针来一针去。

有个男人就开玩笑，婉秋出来打工最划算，得了空，就打毛衣。

这话一出口，男人们这才觉得婉秋占了便宜。铜锁不说话，两眼死死地盯着那个说话的男人。那男人让铜锁的目光逼低了头。

过了秋天，天气就转凉了。天一凉，老板就给民工发了一个月工钱，让民工们买衣服。有了钱，男人们就到镇上挑衣服买。一件件，花花绿绿地买回来。

没买衣服的只有铜锁。

铜锁见男人们挑衣服去了，就把老板发的钱朝婉秋衣袋里塞。铜锁说，婉秋，我的工钱，你管着。

婉秋也不拒绝，说，我替你管着，要钱的时候尽管来拿。

工地离镇上不到三里路。听镇上人说，镇上有休闲的屋子，男人拿了钱可以在屋里短时间休闲、短时间享受。

时间一久，男人们管不住自己。有的男人就往镇上跑。有的男人回来说，镇上的女人如何如何。

没有去镇上的男人只有铜锁。男人去镇上，铜锁不问，也不打听。

天一冷，再出去干活，身上就得添衣服。

没衣服添的只有铜锁。

早上出门，男人们在身上都加了衣。没加衣服的只有铜锁。男人们就笑他，铜锁，你在上个工地那么不老实，这个工地上你老实了，为啥？

铜锁爆一句，啥也不为！

男人们出门，铜锁走在最后。婉秋跑出来，一把扯住铜锁，一件崭新的毛衣就往铜锁胸前塞。

铜锁停了脚步。

铜锁穿上了婉秋织的新毛衣。

男人们在山脚下抬石头，砌石墙。铜锁站在靠山的那边。

突然，山体滑坡了。没跑出来的只有铜锁。铜锁的身子被挤在了石墙和山土中。

男人们眼看着铜锁断气的。铜锁说不出一句话，只剩头露在外面。

婉秋赶到工地时，铜锁已经断气。几个男人在不停地挖他身后的土。

铜锁平躺在地上。婉秋坐在他的身边。

婉秋的一只手紧紧地握着铜锁的一只手，另一只手解开了他胸前的扣子。

男人们发现，铜锁身上的那件毛衣干净整洁。

护送铜锁回家的是婉秋。

五天后，婉秋再回工地，像换了一个人。

有人问婉秋，魂是不是让铜锁带走了？

婉秋摇头不答。

那以后，男人们中再没有人往镇上的休闲屋跑了。

雪落下来之前，工地上的活干完，跟老板结完账，婉秋在铜锁出事的地方放了一挂鞭炮，烧了一叠纸。一阵青烟，稀疏地让寒冷的风吹散，再吹散。

小　霞

跟往常一样，天一亮，小霞就起床了。

小霞简单地刷了牙洗了脸，理了理衣服，然后背着包就往外走，小霞不想惊动所里的同事。

出大门的时候，所长站在二楼的走廊上看着小霞走出去，所长问小霞去哪?

小霞回过头来，见是所长，就响响亮亮地说，去根子家。

所长再问，根子家?

根子家。

那你得小心呀，根子啥脏话都说得出口。

所长放心，小霞不会跟他瞎吵的。

小霞就急匆匆地进了山里。

整个所里的人都知道，山那边的根子的税款上次漏掉了。小霞跟所里的同事找过他几次了，根子老气横秋就是不搭理。有一回还是所长跟小霞去的，根子还故意跑了，怎么也见不着人。根子还摆出理由来，说是你们漏掉了，还有脸再找我要。

小霞觉得有必要拉下脸跟根子要。

小霞在路上想，根子的理由是理由，可国家的税你根子还是要缴呀。

眼看着快到根子家了，小霞嘴里喃喃道，这回根子你一定要在家呀。

小霞回来的时候，看样子很高兴。小霞感谢根子爹，要不是根子爹的几句话，根子是不会缴的。小霞还记得根子爹说的一些话，你看看，人家一个姑娘，走这么远的山路来，为那几十块钱来过好几次了，你不缴，对不住国家不说，你就对得住人家姑娘？我的老脸也没地方搁呀！

总算把那漏掉的税款收了回来。小霞在山路上放慢了脚步，一只手伸进包里，摸到了根子缴来的几十元钱。

摸过一遍后，小霞就感到踏实了，脸上露出笑来。

离所里越来越近了，小霞又觉得好笑。根子在没缴税款前，小霞就说，你对我说怎样的脏话都行，就是要缴税。谁知根子缴了税后，竟没说一句脏话。

小霞窃笑进了所里。所长问小霞，根子在家？这回没有躲？

小霞说，机会好，他在家，这回没躲。

收回来了？

小霞说，收回来了，这回是一分不差，根子态度比前几次都好。

所长说，晚上一起吃饭，走了这么远的路，也该吃饭了。

小霞说，算了，自己泡包方便面。

所长说，那怎么行？菜都准备好了，不吃也就浪费了。

所里的同事都过来了，坐在饭桌边，一个个跟小霞打招呼。

那顿晚饭，小霞吃得极不开心。

所长说，为我们的小霞能收回根子那小子的税款干杯。同事们站了起来，一饮而尽。

小霞没有站起来，根子就根子，怎么到所长嘴里就变成了"小子"呢？

小霞没有站起来碰杯，很慌乱地夹了一筷子菜在碗里。

面对一桌子的菜，小霞想，根子那里的税款才几十元，所里这一桌吃下来可得了？

所里会喝酒的都喝了，有的还喝醉了。

所长说，小霞辛苦了，所里要没这样有耐心的人，那税款怕收不回来。

小霞怎么想也想不通，不就多跑了几趟，怎么就叫有耐心，就为收到那几十元税款，所里这一顿还了得？

小霞对所长说，明年干脆不征根子的税了。

所长问，为啥？

小霞说，我也讲不出理由来。

小霞用纸擦了擦嘴，站起身离开了饭桌。

所长说，小霞怎么了，早上出去还好好的？

有一位同事说，小霞没来两个月，怕不习惯？

又有一位同事接上话，，小霞她不明白这一顿是大伙儿凑的钱，如果事先要让她知道，她就会吃得开心一点。

所长说，下次哪个跟小霞挑明不就行了?!

放　塘

　　我居住的地方有好几口堰塘。有的我叫不上名字，有的叫得出来。其中有一口叫梅花塘，有一口叫孔家荡。

　　梅花塘边长了一棵梅树，开春之前开一树的好梅花，惹了很多人的眼睛。其来历自然明白。倒是整个伍家屋场上没一家姓孔的，对孔家荡的叫法，我还有点糊涂。我曾翻开村庄的历史，却一直找不到答案。

　　一到腊月，人闲了。人们就想到几口塘，想到塘里的鱼，捞上来，按人头分。家家户户分到的鱼，晒干熏腊，便做一盘盘一碟碟的菜。

　　那个时候，塘只有到年底才放干一次。屋场上的人把放干塘水抓鱼，叫做放塘。

　　放塘的日子，是产生叫声和笑容的日子。鱼喂养了整个屋场人的目光，牵动了屋场人的每一根神经。塘一干，有男女老少站在塘边，看塘里活蹦乱跳的鱼被活蹦乱跳的人抓起来。有的男孩还爬到梅树上，目不转睛地盯着塘里的人，盯着塘里的鱼。

　　梅花塘属最好放的塘。在南面的堤岸，开一口子，塘水自然哗啦外流。开塘口的人多半是富有经验的同春叔。在我的印象中，梅花塘的口子是同春叔开的。他甩开膀子，一锄一锹，均能见娴熟和方家风范。他除了力气大之外，还能把那道口子开到最窄，以便封口时，不用花很多的工。

同春叔终生未娶，屋场上有人笑话他，说开了一辈子梅花塘的口子，却没有开过一个女人的口子。同春叔摇摇头一笑，仅仅一笑。

梅花塘一开，不到两天，就见底，鱼就在塘里乱跳。

孔家荡属锅底形。即便开了口子，水却放不干，要用水车车上来。七八个汉子轮番车水。往往，那些车水的人埋怨，吃孔家荡的鱼，真的犯难。同春叔就和几个劳力换换调调车过水。同春叔却不生一句怨言。

因为这样的理由，孔家荡不是年年放塘。有时候是隔两三年一放。也因了这样的原因，孔家荡的鱼长得肥大。有一年，三年没有干一次的塘，竟捞上来一条十多斤的青鱼。当时，屋场上的人面对这条鱼产生了很多的惊讶之后犯了难，家家都想得到这条鱼。可分给哪一家都不合适。最后，队长三川想出来一个主意。他说，把这条鱼当做礼物送给粮站的站长，往后，往粮站交谷时，站长不会压屋场上人的秤。大家都说三川的主意好。屋场上好多人看见三川用袋子装着那条鱼往粮站走了。谁知，三川在粮站转了一圈，换了一个装鱼的袋子，天黑后，就背着鱼回家了。

那一年，三川家吃到了孔家荡最大的鱼。

三川歇职几年后，他说，孔家荡的那条鱼真肥。屋场上的人一听，在乎那条鱼的人有了好大的惊讶，不在乎的，只傻傻地笑。

很多人一进城，就不在乎田土和堰塘，也不在乎塘里的鱼。塘一年放它两三次，也无所谓。塘无人看管，也就野了。

年底，我站在梅花塘边，站在那棵落光叶子的梅树下，看一塘的清水在冬日的阳光下，泛着无数的波光。同屋场的人告诉我，同春叔是在屋后的坡地里没有收完栽下的红薯，就走了。望着梅花塘南面的堤岸，我很想再看到同春叔破土放塘的质朴身影。

现在，又到了开塘的腊月，梅花塘安静地进入我的视野。而我却一次次地把它带到往事之中，带到那种有过的喧闹里。那种喧闹里，有很多的质朴和纯真，也有很多的欲望和挣扎。那一切，在越来越多的人告别村庄时，渐渐成为过去。

张生福

　　炎热的桃林路中间，张生福没有开一点小差，他用标准的手势，指挥着过往的行人和车辆。

　　中午，天气更加炎热。

　　每天中午，桃子就会准时地出现在桃林路，会准时地前来接岗，张生福自然也会离开。

　　张生福知道，桃子是大队新来的队员。桃子跟张生福在桃林路执勤有一个月了。一个月下来，他打心眼里喜欢桃子。桃子很标准地向他敬了个礼，就走到了岗位上。

　　换完岗，张生福站在一棵粗大的梧桐树下。这条街上的梧桐树一棵棵高大，枝繁叶茂，增添了街道的魅力。夜晚的时候，很多市民和情侣极愿意在树下散步。春节前，市政公司还根据梧桐树的不同造型，设置一些灯饰。入夜，那些轮廓灯一亮，非常有韵味。

　　看着桃子站在自己站过的位置上，看着他的手势，张生福投去了赞许的目光。

　　张生福没有急着离开。他看到桃子，就像看到了自己当年的影子。他非常羡慕桃子那样标准的手势，他愿意看着桃子的手势。他觉得交警示意停止或者示意直行的手势是那样干脆利落。那些标准的手势不光从自己的手上找到，还能从眼前桃子的手上找到。

过去，张生福觉得自己的手势非常漂亮。他的漂亮标准的手势是他苦练出来的。

那年，交警大队派他到济南学习。整个交警大队到济南学习的名额就两个。一个是他，一个是他过去的队长。他没有忘记济南交警的手势，一个个的标准手势刻在了他的脑海中。学习归来，张生福仍然留在交警大队，队长却被安排到了另外的城市。张生福早练晚练，终于练成了标准的手势。他用这种标准的手势和形象，一转眼，在城区的道路上提示了19年。

层层叠叠的梧桐树叶，为张生福提供了片刻的凉爽。他愿意在梧桐树下多站一刻钟。城市在他眼里，越来越美。同样，街道在他眼里，越来越美。生活在这样的城市，他有一种满足和自信。

岁月像一把刻刀，在张生福的脸上刻下了一条条皱纹。那是岁月给他的深深浅浅的印记。张生福想，9月份，自己就要退休了，就要离开自己所在的大队，尽管在那个大队当了19年交警。19年中，拉通东西和纵贯南北的道路，他跟他的队员们一一都执勤过。自己有点舍不得，不是有点舍不得，是特别舍不得。他还非常清楚，一到9月，人事科就会为他办好退休的相关手续。到那天，他就可以握着他队长的手，说再见，他还会握着桃子的手，跟他说再见。他就不再是交警。张生福迫切盼望的这一天，很快就要来了。

想到这一天，张生福眼里一阵潮湿，心底生出的是难舍。

张生福慢慢地从梧桐树下走向家的方向。

时间在一天天过去，炎热却没有退去。张生福所在的城市，正在进行一个非常宏大的城市改造工程，涉及道路、水路、棚户区的改造，还涉及城市的美化、绿化、亮化和数字化。整个改造和美化工作就像一场战役，从7月份开始打响，一直往下持续。

张生福没有忘记。打响这场战役前，大队进行过一个严肃的宣誓仪式，宣誓仪式就在交警大队门前的场坪举行，所有的队员齐刷刷站立，英姿飒爽。

大队长在宣誓前，非常严肃地强调，在当前交通安全形势复杂，交通管理任务重的情况下，所有的队员一律放弃休假，在交警人数不够的情况下，所有的交警都要主动请缨，支持到路改全面完成。紧接着，队员开始宣誓：我们一定忠诚履职、明确责任、践行誓言，为创造平安、畅通、有序的交通环境作出新的贡献。

队员宣誓的声音划过城市的上空，深深地震动着张生福的耳膜。张生福站在队列的前面。他跟桃子站在一起，以前，他们很少站在一起。尽管在一个岗位上，他们也不曾并排站在一起。他听见桃子声音洪亮地宣誓，自己也跟着大队长宣誓。每一句誓言，落地有声。张生福怎么也不能忘记那次宣誓。

张生福更加明白，大队用人的时候到了，他没有理由提出退休，他不会在这样关键的时刻，提出离队退休，那是对整个交警大队的不忠不敬，也是给大队长出了个大难题。自己不能不和桃子在一起，不能不和交警大队的其他队员在一起。

宣誓完，张生福轻轻拍了拍桃子的肩，问，是不是在桃林路上？

桃子回答，是，跟您一个岗位。您上午到中午，我中午到晚上。

张生福问，誓言记在心里？

桃子回答，记住了！

桃子的回答，让张生福特别痛快。

桃林路的改造是在8月上旬开始的。道路在一段段改造。在张生福眼里，出现的交通压力一点点缓解，出现的堵路问题，一个个被排除。

9月中旬，城市的炎热是让叫天兔的台风影响的。一时间，疯狂的大雨滂沱了整个城市。

那几天，张生福穿着雨衣，站在桃林路中间，他没有开一点小差，仍用他标准的手势，指挥着过往的行人和车辆。